ドルフィン・デイズ！

旭 晴人

角川文庫
20889

第一章　Marine Blue

1

海が青い理由を知っているか。

両手ですくえば太陽の光を編み目のように乱反射させる、とても透き通った無色なのに。

なぜ海はあんなにも、深く幽玄な青なのか。

その理由は、潜れば分かる。

唇をすぼめ、段階的にめいっぱい空気を肺に溜《た》め込んで、入り切らなかったダメ押しの空気でほおを膨らませると、蒼衣《あおい》は肩まで浸《つ》かっていた海面をひと思いに破り、ぐっ、と水中の世界に沈み込んだ。

音が、低く鈍く、停滞する。

水面付近で頭を沈めた程度では、まだ海は突き抜けるようにクリアで、限りなく淡いエメラルド。それは幻想的な世界でこそあれ、あの幽玄な青を青たらしめる理由は見当たらない。

しかしひとたび水底《みなそこ》に目を落とせば、あぁ、とため息のように腑《ふ》に落ちる。

海は底が青いのだ、と。

蒼衣がダイビングにどっぷりハマったきっかけである。その〝黒〟とも言える青と目が合った瞬間、ぞあああああ、と連鎖的に肌が粟立《あわだ》つ。

吸い寄せられるように、頭と足の位置を入れ替えて、蒼衣は潜り始めた。

潜れば潜るほど、精密に深くなる青のグラデーション。その色彩と反比例するように、肉体は追い込まれていく。低下する水温。薄まる脳の酸素。水圧が起こす耳鳴り。

強烈な生と死の気配を両隣に感じながら、どこまでもどこまでも、青の果てを目指して潜り続ける。たったこれだけのことに、十三年も前から蒼衣は骨の髄まで魅せられていた。

素潜りは、タンクを使わずに、自らの力だけで息の続く限り潜水する、非常に危険な行為だ。フィンという足ビレを装着して潜るダイバーも多いが、蒼衣にはそれさえ煩わしい。

水着を除けば正真正銘の裸一貫だ。一応、すぐ側を、こちらはフィンをつけてタンクも背負った信頼に足る友人が付き添ってくれているので、蒼衣は安心して己の限界に挑むことができる。

ぐんぐん、ぐんぐん、槍《やり》のように海を貫いて海底へ落ちていく。人肌のように優しかった水温がひんやりとしてくる。神秘的に輝いていた青はやがて暗く冷たい紺碧《こんぺき》へと移り、唐突にその牙《きば》を剝《む》く。

水深計搭載の腕時計が示す数値はマイナス三十一・一メートル。まだ、いける。あと、もう少しだけ。

高い水圧に肺が収縮していき、浮力が体感的にも落ちていくのが分かる。力を入れて水をかかなくとも、深い海底に吸い込まれるように、沈んでいける。

不意に全身の細胞が、けたたましく警笛を鳴らした。素早く未練を断ち切り、迅速に体を旋回させ、蒼衣は再び頭と足の位置を入れ替える。

見上げれば、煌々《こうこう》と輝く白い光の球が、まだら模様に水面を白と淡い蒼に彩っていた。たった数十メートル潜っただけなのに、空が、陸がこんなにも遠く離れて見える。

海の底から見上げるこの景色が蒼衣はたまらなく好きだった。海底が死なら、あの煌《きら》めく海面こそが生の極点だ。

太陽の光は白く見えるが、実際は微妙に異なる波長の、数えきれない色の光が寄り集まってできている。それが海に降り注ぐとき、ほとんどの色は少しも潜らないうちに水に吸収されてしまうが、その中でただ青色の光だけが、深く深く届いて水面下の世界を照らすのだ。

海を照らす光の色に青を選んだことは、神の最大の功績だと本気で思う。

この、青。下から飲み込もうとする青が、上で歓迎する青が、海のあらゆる青が、蒼衣に安心と昂奮《こうふん》、恐怖と快感を与えてくれる。

海の中にいるときだけ、蒼衣は不安も罪悪感も忘れて、ただこの強烈な色に溺《おぼ》れることで盲目になれた。

見えない力に足を摑《つか》まれて我にかえった。

浮力に代わり、ずしりと蒼衣を襲う海底の引力。気を抜けば、刻一刻と白濁していく意識はたやすくパニックに陥るだろう。

海上へ帰るときこそ、慌てず、冷静に、力を抜いて一定のペースで、無駄のないフォームで、気を確かにもちながら少しずつ浮上していかなければならない。

フリーダイビングに必要なのは自然を愛する心、そして忍耐することへの敬意である——とは、本当によく言ったものだ。

＊＊＊

「ぶはっ！」

水面から顔を出し、停泊させていた小型漁船に固定した浮き輪にしがみつくと、蒼衣は数回激しく喘《あえ》いだ。それでも焦って息を吸うばかりではなく、規則的な呼吸の繰り返しに努める。

先週に梅雨も明け、昨日あたりから気温も一気に上昇。まだ七月にも入らないうちに三十℃を超える真夏日だ。蒼衣は思わず青空を仰ぐ。

「……こんな日はやっぱり、海に入るに限るな」

「んなこと言ってぇ、蒼衣お前、今年も春からずっと潜っててんじゃん」

ほぼ同時に上がってきていた随伴の友人が、口からレギュレータを外すと呆《あき》れたような声でそう言った。

「付き合わされるオレの身にもなって欲しいぜ」

「一度も涼太《りょうた》に頼んだ覚えはないけどな。断ってんのに勝手についてくるんだろ」

「かーっ、なんだよその言い草、人が心配して来てやってんのによぉ。……で？　記録は」

船に乗り込みながら毎度お馴染《なじ》みの軽口を叩《たた》き合う。キャップを脱いで派手に染め上げた金髪の水気をバサバサ払う涼太に問われて、蒼衣は口ごもった。

「……三十八・七メートル」

「相変わらずバケモンだな、同じ人間とは思えないね」

「ダメだ、またベストから遠ざかった。トシかなぁ……」

「やめろよジジ臭えぞ。オレたちまだ、花の大学生だぜ！」

「大学生はお前だけだろ、この留年野郎」

能天気さに苛立《いらだ》ってつい小馬鹿にする口調になったが、涼太に口喧嘩《くちげんか》で勝ったためしがないことを、蒼衣は直後に思い出した。

「就職浪人キメてニートになるぐらいなら、お前ももう一年大学生やっときゃよかったんだよ」

屈託なく笑い飛ばされて舌鋒《ぜっぽう》を封じられた蒼衣は、反論の余地もなく帰りの運転を引き受けたのだった。

＊＊＊

沖から岸へと戻った蒼衣と涼太は、漁船を停めてアンカーを下ろすと陸に上がった。

この船は蒼衣の実家のものだ。父が遠洋漁業を営む漁師なので、ほとんど戯れ用だった一番小さな船を、大学進学と同時に蒼衣が譲り受けた。必要な免許も拍子抜けするほど簡単に取れてしまい、それ以来乗り回して遊んでいる。

レジャー性の強い浅瀬のダイビングも悪くないが、蒼衣はもっぱら沖に出て、ひたすら深海を目指すほうが性に合っているので、船の存在はありがたいものだった。

涼太が女を乗せたいと言うのでたまに船を貸すのだが、どうやら素潜りに同伴してくれるのは彼なりのギブアンドテイクのようだ。顔に似合わず律儀な男である。付き合いはもう二十年近くになる。

港から蒼衣の家まで徒歩十分ほど。熱されたアスファルトをビーチサンダルで踏みしめて緩やかな坂道を登る。焦がさんばかりに照りつける陽光を疎《まば》らに受け止める、斜めに伸びた木の青々とした屋根の下を通ると、もうすっかり夏の香りがした。

木漏れ日の降る坂を抜け団地に入ったところで、涼太が不意に口を開いた。

「つーか蒼衣、トシってのは冗談にしてもそろそろ無茶はやめた方がいいんじゃねえか？　マジで死ぬぞそのうち。オレだって毎日ついてやれるわけじゃないし」

「なんだよ今更。大丈夫だって。涼太のいないときは限界来る前に切り上げるようにしてるし。体調管理もちゃんとしてる」

「そういうことじゃなくて……ほら、お前……」

涼太は一瞬だけ躊躇《ためら》ってから、肌を焦がす陽光と同じくらい容赦のない言葉を放った。

「だからほら……働けよ！　このまま一生フリーターとニートのハーフ状態続けるつ

もりか？ もう後輩どもまで次々内定決めてってんぞ」

まさか涼太にまで危機感を煽《あお》られる段階に来ていると思っていなかった蒼衣は、ふて腐れ半分内心ドキッとした。

「……うるせーな。大学五回生に言われたくねえ」

「いや、それがさ、かくいうオレも就職先決まったんだわ」

「はぁ!?」

思わず今日一番の大声を出した蒼衣に、派手な海パン姿の涼太はきまり悪さ半分、得意げ半分に白い歯を見せて笑う。

「彼女の親父さんに挨拶《あいさつ》にいったらさ、あの寺田《てらだ》工業の社長さんだったんだぜ、信じられるか？ 割とある苗字《みょうじ》だから思いもしなかったけど、ラッキーだな。気に入ってもらえて、いいポストで働かせてくれるって」

寺田工業といえばこの海鳴《うみなり》市随一の大企業。蒼衣も二年連続で受けて、もちろん落ちていた。

「ふっざけんなよ棚ボタ野郎！ またそうやってしれっとなんの苦労もなく生きてくってのか！ 社会なめんな！」

「お前に言われたくねえよ……ま、棚ボタは認めるけどな。彼女と三年間真摯《しんし》に付き合って来たのも、親父さんに気に入られたのもオレの日頃の行いの良さだろ」

蒼衣はぐうの音も出なかった。確かに涼太はチャラく見えるが、恋人とは実に真剣に付き合っていたし、何より舌を巻くほどの社交力がある。致命的なバカと遅刻癖さえなければ、そもそも無事に単位を取って大学を卒業して、それなりの企業に就職できていたであろう男だ。

「……そっかぁ、ついに同期でニートは俺だけか」

「まあまあ、一応半分はフリーターだろ！　新しいバイト始めたんじゃなかったっけか、ほら、ピザ屋の」

「辞めた」

涼太はそっと天を仰いだ。

「三日は続けたぞ、俺にしてはもった方だ。店長は愚痴っぽいし、少し早く入ったってだけで高校生が俺にタメ口だぞ？　あんなレベルの低い奴らと働くなんて……」

「何度目だよそうやって辞めんの……ダイバーのくせに忍耐力なさすぎだろ」

「だって！　時給もクソ安いのにまかない前にタイムカード切られるし、手は油でギトギトになるし、客は図々《ずうずう》しいし」

「結構普通だぜ、それ？」

まだいくらでも羅列できたのに、涼太が本気で呆《あき》れたようにため息をついたので蒼衣は不本意ながら口を閉じる。

「そんなんだから面接で落とされんだよ。滑り止めまで滑りまくったのは傑作だったな、ほら特にあれ、安住《あずみ》損保の面接。志望動機なんて答えたんだっけ」

言わせるの何度目だ。思いながら蒼衣はあの日真顔で答えた通りのことを渋々口にした。

「……『御社なら職場として、俺の生涯を捧《ささ》げようと覚悟できるギリギリセーフのラインだったからです』」

「ぶっひゃっひゃっひゃっ！　そりゃ落ちるわ！　腹いてえー！　そもそもお前、滑り止めでさえ県内有数の企業ばっかだもんよ、強気すぎんだろ！　安住損保が滑り止めとか地元で聞いたことねえー！」

そう言われたって、採用されても働きたいと思えない会社の面接になぜいく必要があるのか、蒼衣には分からなかった。

大学受験の際も、蒼衣は、「滑り止め」と称して通う気もない私立大学を何校も併願する同級生たちが本気で理解できなかった。母も熱心に「滑り止め」受験を蒼衣に勧めた一人だったが、蒼衣には受験料も試験を受ける手間も、なにもかも無駄に感じられ、その提案を一蹴して地元の国立大学一本勝負に臨んだのだった。

その大学も、ただ地元の海を離れたくなかったことと、そこの学生を名乗ることをプライドがぎりぎり許容したから選んだに過ぎず、卒業まで大学生らしい華やかな生活とは縁がなかった。涼太がすぐ隣の私立大学に進学してくれなければ、蒼衣の大学生活はいよいよ一人で海に潜るだけの毎日になっていたに違いない。

「とことん社会に向いてないよお前は。能力《スペック》あるぶんそのプライドの高さがマジもったいねえ。去年はオレも笑ってられたけどよ、そろそろ置いてっちまうぞ。少しずつ、慣らしてけよ。世の中理不尽だらけだぜ」

いかにも理不尽と縁遠そうな、要領のいい涼太に言われても説得力は感じられなかったが、「置いてっちまうぞ」という厳しい言葉に蒼衣はハッとさせられた。涼太にここまで言わせてはさすがに情けない。

「……そうだな。また、なにか新しいバイト探してみる」

「その調子だ。お前の場合、技術的に困る仕事はそんなにねえだろ。まずは一年もたせてみろ。働きぶりがよければ正社員として雇ってくれるかもよ」

「大学時代にバイトしなかったツケが回ったかな」

「はは、それはあるかもな。実家生の悩みってやつだ」

そうこう話しているうちに二人は蒼衣の家の前に着いた。涼太の家はこの住宅街を抜けた先の、山の麓《ふもと》付近にある。徒歩でいける距離だ。

「んじゃ、明日《あした》からはしばらくダイビングお休みってことでいいな？」

「……だな、そうするよ。母さんが毎日どっから集めたんだって量の求人を用意しててさ、とりあえずそれに目を通してみるかな……。まあ、また連絡する」

「おうよ。またなー」

涼太と別れ、やや気乗りしない気持ちはありながらも蒼衣は玄関扉の鍵《かぎ》をあけた。もうそろそろ、いや、とっくに、好きなことを犠牲にして働かなければならない年齢なのだ。

今更になって、蒼衣は再び自覚する。

このまま夏が終わらなければいいのに――そんな詮ないことを考えながら中に入った蒼衣は、玄関に濡《ぬ》れた男物の長靴が一組、少年のように脱ぎ散らかされているのを見つけた。

「……親父、帰ってきてるのか」

本来なら素直に嬉《うれ》しい父の帰宅も、今回ばかりは頭痛の種だ。サンダルを脱ぎ、父の靴まで一緒に揃えてやりながら、蒼衣は無意識にため息をついた。

――面倒くさいことになった。

＊＊＊

「おう蒼衣、ただいまおかえり！」

リビングに入るなり、野太い声が珍妙な挨拶を投げかけてきた。

「……ただいまおかえり、親父。帰るなら連絡いれろよな」

「いつも言ってんだろぉ。このスマホってやつは俺にゃ難しすぎる。船の上で操作すると酔ってかなわんし」

テレビ台前の大きなソファにどっかと深く座った活気滲《にじ》み出る大男。蒼衣の父親、大吉《だいきち》である。遠洋鰹《かつお》一本釣り漁業を生業《なりわい》とする彼は一年間の二百日以上を海の上で過ごす生粋の海の男だ。漁のプランによって期間もまちまちなので、大吉の帰宅はいつも唐突だった。

「もう八ヶ月近くぶりかしらねぇ。今回の漁はどうだったの？」

母の夏子《なつこ》が三人分のコーヒーを盆に載せてキッチンから出てきた。この様子だと、大吉が帰ってきたのはつい今しがたのようである。

「ああ、量はぼちぼちだが質のいい鰹が獲れた。次は東沖の漁場だな」

蒼衣も詳しいことは知らないが、鰹一本釣り漁は夏場が東沖、それ以外の季節は赤道付近の南方漁場が職場となるそうで、大吉は年中こんがり肌を焼いている。

作業着の袖《そで》をまくってむき出しにした逞《たくま》しい腕でコーヒーカップをひっ摑《つか》み、太い眉《まゆ》を持ち上げて豪快に飲み干すその姿は、細身で顔の造作も中性的な蒼衣とは全く似ていない。

唯一蒼衣が自分の顔に大吉の面影を感じるのは、大きくて鋭い目だけだった。

「蒼衣、せっかくお父さん帰ってきたんだし、ちょっとそこ座りなさい」

——ほらきた。

L字型のソファの独立部分を指で示した夏子の口調は穏やかだが、その強気な態度は心強い味方を得たと言わんばかりだ。大吉の帰宅で蒼衣が恐れていたのはこれだった。

「……ソファが海水臭くなるよ。シャワー浴びて着替えてからでもいいだろ」

口走った逃げ口上は予《あらかじ》め用意していたものだった。夏子も納得したようで、つかの間の猶予を得た蒼衣は重い足取りで風呂場《ふろば》へと向かった。

ちんたら三十分くらいはシャワーを浴びていたい気分だったが、その間に夏子が大吉に何を吹き込むかと思うと気が気ではない。結局十分そこそこで塩と汗を落とし、何も具体的な作戦が固まらないまま浴室を出た蒼衣は、洗濯機の上を見て戦慄《せんりつ》した。

用意した覚えのないタオルと着替えが、丁寧に畳まれて置かれている。迎撃態勢は万全ということらしい。往生際悪くもたもたと着替えたり髪を乾かしたりしてみたが、いよいよ先送りにも限界が来て、蒼衣は戦々恐々と二人が待つリビングへと戻ったのだった。

「おう蒼衣、母さんから聞いたぞ。働いてないんだって？」

さすが、ど直球だな――座るのを待ちもせず豪快に本題を突きつけてきた大吉に、蒼衣は苦笑を引きつらせた。示された場所に大人しく座る。

L字の長い方に大吉と夏子が並んで座り、ソファの独立部分に座る蒼衣と向き合う、という構図だった。

蒼衣がついていたテレビに目線を逃がし言葉を探していると、すかさず夏子が電源を切る。一気に静まり返った室内の、重苦しい空気が蒼衣の双肩にのしかかる。

「ま、まぁ……バイトはいくつか始めてみたりしたんだけど、どこもあんまりいい職場じゃなくて」

「レベルが低いとかって言って辞めてくるのよ！　雇っていただいてるって気持ちがないんだからこの子は！」

――くそ、余計な補足を。

「いや、でも、やっぱジジイになるまで働くからには妥協したくないっていうか」

「そういうのは一人前になってから言いなさいまったく。数日かそこら働いただけで職場の全て見透かした気になって」

「いや……働いたことない母さんにそんなこと言われたくねえんだけど」

夏子は二十一で蒼衣を身ごもり、それを機に大吉と結婚。大学は中退している。

それからずっと家事だけやって生きてきた人間がなにを偉そうに――

「蒼衣」

激化しかけていた口論を、大吉の一声がぴしゃりと黙らせた。蒼衣は完全に萎縮《いしゅく》して、口を閉じるしかなかった。普段は陽気な父親だが、一度怒ると大人でも泣かせるほどの迫力がある。

「親に意見するのは立派だが、親を甘く見る奴はクソだ。覚えとけ」

「……はい」

「母さんも、抑えてやれよ。俺のいない間、ああ言えばこう言うクソガキのお守り任せっきりで悪いと思ってるけどな」

今年で二十三にもなる自分がガキ呼ばわりされるのは不本意だったが、かと言って大人であるとは、蒼衣には逆立ちしても言えなかった。

「まだ続けてるんだな、ダイビング」

瞬間、蒼衣は恐れた。本分を忘れさせる諸悪の根源として、ダイビングが槍玉《やりだま》に挙げられるのを。

「……悪いかよ」

遊びに見えるかもしれないけれど、実際遊びなのかもしれないけれど、蒼衣はダイビングだけは、誰にも否定されたくなかった。ダイビングだけは違う。趣味とも特技とも言いたくないから、履歴書にもエントリーシートにも書けなかった。

ただ海さえあれば、蒼衣は本当になにもいらなかった。働きたくないわけじゃない、働くことで少しずつ、自分の生活から海やダイビングが排除されていくのが怖い。そうやって大人になっていくのが怖い。

時間から逃げるように海に潜り続けて、とうとう時間に置き去りにされた。蒼衣が沈んでいる間に、周りはみんな前に進んでいた。浦島太郎の気分だ。置いてっちまうぞ——涼太の言葉が再び刺さる。

「悪いなんて言わねえよ。……年に数回。お前の顔を見るのはそれだけなのに、いつ帰ってきてもお前は俺より後に、濡《ぬ》れた体で帰ってくるんだ。いつからだ？　ただいまおかえり、なんてバカみてえな挨拶《あいさつ》が当たり前になってたのは」

笑う大吉の表情はどこか切なげだった。

「俺のせいだな。ろくに遊び相手にもなってやれなかった。蒼衣、お前は見つけちまったんだよ。これさえありゃあ他になにもかもいらねえっていう圧倒的な快感をな」

「か、快感……？」

「ぶはは、なんだよそのウブな反応はぁ、えぇ？　その調子じゃ女にさえ興味なかったか？」

父親とこんな風に絡む耐性のない蒼衣は、赤面して顔を背けた。

「蒼衣。仕事なんざ義務なんだから、どうせならやりたいことやるに越したことはねえさ。けどお前は、自分がなに一つも不自由感じねえでいられる場所が、すぐ近くにあったもんだから、ずっとそこに潜りっぱなしで、ずっとずっと、おんなじもんばっか見てきた。だからやりてえことがなんなのか、分からねえ。分からなくてもいいとさえ思う」

大吉の言葉は思いがけず、響いた。ずっと名前のつけられなかった感情の名を教えてくれたような、ずっと複雑な形に空いていた穴がピタッと埋められたような、そんな気分が去来して蒼衣は思わず口を開いた。

「……なんでそんな俺のことわかんだよ。ほとんど家にいないくせに」

「簡単だ。俺もガキの頃に釣りにハマって、そっからどっぷりだからな。まあお前と違うのは、それをすぐ仕事にできたことと、ちゃんと女ともよろしくしてたことだな」

なあ母さん、と言いながら大吉は、隣に座る夏子の肩を抱いた。ぽっと頰を染める四十半ばの母親。

――いらんやりとりだ。

「俺だって……今日ちょうど、仕事探すつもりだったんだよ」

言い終わって、なんと負け犬のようなセリフを吐いたのだろうと、蒼衣は屈辱で顔から火が出そうになった。

本当に探すつもりだったのに、この口から出る言葉全てがあまりに薄っぺらく、なんの力も持たない。

「おお、そうか。だったら丁度いい」

「……え？」

大吉の反応が予想と違って、蒼衣は目を瞬《しばた》かせた。

「ちっと昔馴染《むかしなじ》みのヤツから特殊な求人の話を聞いてな。視力、体力、それから泳ぎの力が求められる仕事なんだよ。蒼衣にピッタリだと思って詳しく話聞いといた。どうせお前のことだからまだ働いてないだろうと思ったしな」

まぁ、と夏子が目を輝かせて両手を合わせ、蒼衣と大吉を交互に見つめた。ちょうど仕事探すつもりだった、と口走った手前、もとより断ることなどできない状況だ。

しかしそれらを抜きにしても——泳ぐ仕事、か。

興味を持てないと言えば嘘になった。

たとえつまらない職場でも、父の紹介で雇ってもらったとなれば責任感で長続きしそうな気もする。そんな打算も手伝って、蒼衣は大吉に頭を下げた。

「それ、紹介してよ。お願い」

「よかったぁお父さん！　蒼衣えらいわよ！」

「ああ、といっても臨時採用だけどな。俺とそいつの仲とは言え、使えなきゃ即切られる厳しい世界だ。本来、倍率は五十から百倍って言われてんだぜ」

大吉の口から飛び出たスケールの大きい情報に、その特殊な求人への興味が膨らんでいく。自分の能力を余すことなく活《い》かせる天職は、間違ってもピザ屋なんて平凡なものじゃなく、やはりそういうアブノーマルな仕事に限ると、蒼衣は常々思っていた。

運命の巡り合わせのように感じられて、初めて心から前のめりになる。

「なんて仕事？」

緊張混じりにたずねると、大吉はしばらくうろ覚えの記憶を手繰り寄せるように虚空をにらみ、やがてたどたどしい発音でこう言った。

「──ドルフィントレーナー」

2

翌日、午前七時半。蒼衣は父の運転する車の助手席に乗って、猛スピードで視界を横切る白いガードレール越しの海を眺めていた。

いつ見ても思う。朝の海はまるで一晩ぐっすり休んでリフレッシュしたように、爽《さわ》やかな輝きをしている。海沿いの公道を久しぶりに再会した父親とドライブというのは、なかなか悪くない。

だが蒼衣の気分は、一向に盛り上がらなかった。ただでさえ大吉経由で面接を依頼したのは昨日なのに、今日の朝っぱらからいきなり面接をするというのである。眠い。

蒼衣にとって今朝は、普段より三時間も早起きであった。

「おら、見えたぞ」

豪快な声を上げる運転席の大吉に、どうしてこいつは朝からこんなに元気なんだと、蒼衣は返事代わりに唸《うな》った。

大吉の言う通り、まっすぐ広い道路の伸びた先、左側に接するように大きな空色の建物が見えてくる。そのすぐ隣は海だ。海を埋め立てて建っているので、海に浮かんでいるとも言える。

海鳴《うみなり》水族館。水産業と観光業で栄える海鳴市が誇る、県唯一の水族館だ。全国屈指と言えるほどの知名度はないが、海鳴市を訪れた観光客にはとりあえずここを勧める人が多い。

蒼衣の家から車で三十分と少し。小学生のときに、遠足で来た覚えがあった。

「蒼衣が二歳のときにも、家族三人で来てるんだぜ」

「母さんが言ってたな。写真も見せられた。全然覚えてなかったけど」

楽しげな大吉に気のない返事をする。蒼衣は海は好きだが、海の生物は別に好きというほどではない。羨《うらや》ましいとは思うがそれだけだった。

結局ドルフィントレーナーの詳細について、大吉からはろくな情報が得られなかった。分かったのはそれが水族館のスタッフとしてイルカの世話をし、そしてイルカショーにイルカとともに出演する仕事であるということぐらい。

泳ぐ仕事というからどんなものかと思ったら、動物の世話係である。そのうえ人前でショーも披露しなければならない。蒼衣はそこになにも魅力を見出せなかった。あるのは漠然とした抵抗感だけ。

――イルカショーってどんなのだったっけ。

蒼衣は古い記憶をたどったが、ほとんど思い出せなかった。

大吉に「泳げる仕事」とだけ聞いたときほどの期待感はなくなってしまったが、ピザ屋に戻るよりはマシだろうしやってみるか――今はそのぐらいのモチベーションだった。

二人は間もなく目的地に到着した。開館前の駐車場は当然ガラ空きだったが、大吉はそこを素通りして建物を迂回《うかい》していく。水族館の裏手には関係者用の駐車場があり、そこには既にそこそこの数の車が停まっていた。空いているスペースに駐車する。

「お、あいつだ」

ちょうど車を停めたとき、館の裏口から職員風の男が出てきた。車から降りて男のもとに駆け寄る大吉に、蒼衣も慌てて続く。

「大吉さん！　お久しぶりです！」

髪を短く刈り上げた男が蒼衣たちを出迎えた。顔を上げた男と近距離で対面して、蒼衣は思わず彼の若々しさに惹きつけられた。大吉の話では既にアラフォーと呼ばれる年齢に差し掛かっているはずだが、とてもそうは見えない。

浅黒い肌、逆三角形の長身、真っ白な歯。発光するような笑顔で真っすぐ大吉の目を見つめ、ハキハキと、よく響く高めの声で話す。住む世界が違うと感じるほど、眩しい男だった。

「よう海原《うなばら》ァ。相変わらず暑苦しいヤツだな」

「大吉さんこそ変わらずお元気そうで！　あ、そちらが蒼衣君ですか？」

海原と呼ばれた男と目が合い、蒼衣は反射的に会釈する。

「よ……よろしくお願いします」

「こちらこそ。背、高いね。相当泳げるんだって？」

「はい、まぁ、いえ……」

「え、どっち？」

なんでこの人は初対面の相手にこんな自然に話せるのだろう。蒼衣はしどろもどろに応対しながら、海原の馴《な》れ馴れしさに戸惑った。

「俺に遠慮せず、ボコボコに指導してやってくれ。もちろん突っ返してくれても構わねえから」

「ははは、了解です」

「じゃあな蒼衣。また迎えにきてやるから。達者でやれよぉ」

「あ……あぁ、オッケー」

車に向かって去っていく上機嫌な大吉に軽く手を振って別れた蒼衣は、父に背を向けられた途端急激に心細くなった。大吉の運転する車が完全に見えなくなるまで見送ってから、海原はようやく肩の力を抜き、晴れやかで柔らかい笑顔を蒼衣に向けた。

「よし、じゃあ行こうか蒼衣君。とりあえず試験内容について、また後で説明する時間は設けるつもりだけど、一応歩きながら少し話そう」

「あ、はい………はい？」

何気ない発言の中に、到底聞き逃せない単語が紛れ込んでいたような気がした。間の抜けた顔で聞き返すと、海原もきょとんとした顔になる。

「え？　だから、これから受けてもらうドルフィントレーナー採用試験の説明を」

サイヨウ、シケン？

その穏やかでないワードに思考停止すること数秒、蒼衣はようやく全てを理解した。

――タダでなれるわけじゃ、ないんですね。

＊＊＊

よくよく考えれば当然のことだ。

関係者用出入り口から館内に入り、暗く埃《ほこり》っぽい業務用通路を海原と並んで歩きながら、蒼衣は呆然《ぼうぜん》と思った。

イルカのショーがどんなものだったか、記憶ははっきりしないが、一般人が誰でも簡単にできるものではないだろう。いかに父の紹介とは言え、そんなに簡単に雇ってもらえるわけがなかった。

廊下を歩いたり角を曲がったり、階段を上ったりすること数分。蒼衣は殺風景な、十畳ほどの部屋に案内された。海原は言葉通り、採用試験の概要をかいつまんで説明してくれたが、心ここにあらずの蒼衣の耳にはなにも残っていなかった。

その部屋には、眼科にあるような視力検査用のボードが壁際に用意されていた。促されるまま持参した履歴書を手渡した蒼衣は、ボードの正面に設置された丸イスに腰掛ける。そのまま簡単な視力検査が行われた。結果は最後に受けた数年前と変わらず、両目とも二・〇。

「うん。大吉さんに聞いてた通り、視力は問題ないね。今時メガネいらずの若者って珍しいから、大事にしなよ」

「はぁ……」

蒼衣は目が良い。そういう家系というのもあるし、本もマンガもテレビも見ずに海にばっかり潜っていたせいもあるのかもしれなかった。詳しく測定すれば二・〇よりも高い数字が出ただろう。

「潜水する仕事だから視力は良いに越したことなくてね。最近はゴーグルタイプの眼鏡もあるし、それだけで不合格ってことはしないんだけど」

「へぇ……」

気のない相槌《あいづち》を連発するのもそろそろ限界に近かった。ただでさえ興味を失いかけていた職場に入るために、これから採用試験を受けなければならないのだから、やる気を出せという方が無理な話だ。

蒼衣はすでに、帰りたかった。

「潮《うしお》蒼衣君、今年で二十三歳か。大吉さんには学生時代お世話になっていてね。君にはずっと会いたいと思ってたんだ。来てくれてありがとう」

履歴書に目を通しながら、向かいに座る海原が柔らかい物腰で話し始める。人付き合いの苦手な蒼衣でも、次第に彼にリードされるように、不思議と自然に会話できるようになっていた。

「いえ、こちらこそ」

「蒼衣君は、イルカが好きなの？」

え、と蒼衣は当惑した。海原は軽く聞いてみたというような表情だったが、反射的に不必要に構えてしまったのだ。どうやら予告なく面接が始まったらしい。

「まぁ……好き、ですかね」

もっとうまく嘘がつければいいのだが、それは蒼衣の苦手分野であった。

「ふぅん。じゃあ、海は好き？」

海原ににこやかに見つめられて、蒼衣は無意識に背筋を伸ばしていた。

「好きです」

「……なるほど。うん、よく分かったよ」

海原は口元に含むような笑みをたたえて、大きく二度頷《うなず》いた。

「これからプールに向かうけど、なにか聞きたいことはないかい？　なんでも答えるよ」

「え？」

もう終わり？　蒼衣は面食らった。今まで受けてきた就職活動の面接は、長いもので三十分を超えるものもあったし、圧迫的な質問を畳み掛けられるようなことも珍しくなかった。こんな拍子抜けする面接は蒼衣にとって初めてだった。

「特にないかな?」

「えーっと……じゃあ、給料を教えてください」

やらかした! さすがの蒼衣でも直後に思った。いきなり金の話なんて不躾《ぶしつけ》にもほどがある。それでも、もはや蒼衣がこの職場で気になっていることと言えばサラリーぐらいしかなかったのだ。

海鳴水族館。久しぶりに訪れてみて改めて、立派で華やかな建物だと思った。ましてイルカショーといえば水族館でも花形だ。知識と技術が必要な専門職でもあるわけだし、気にしないようには振舞っていたものの、給料はかなり期待していい額と見ていた。

金が手元にあったからといって使い道など思い浮かばないが、単純に、給料は高ければ高いほどステータスになって蒼衣のプライドが満足するのだ。

「あれ、大吉さんに書類渡してなかったっけなぁ。あの人全部ポケットに入れてそのまま捨てちゃうからな……ごめんごめん、ちょっと待ってね」

海原が手元の書類をガサガサやって、目当てのものを見つけたらしい。一枚の紙切れを机の上で滑らせて、蒼衣の正面に置いた。

「合格する前提だけど、これが蒼衣君の最初の時給だね」

トン、とゴツゴツした指が示した箇所に目をやって、瞬間、蒼衣は心の底から絶句した。

八百二十円（時間給）。

「……………へ？」

目を疑うとはこのことである。何度注意深く見直してもその数字は変わらなかった。

時給八百二十円。

――はっぴゃく、にじゅうえん？

「まぁ、そういう反応になるよね。気持ちはわかるけど、どこの水族館も最初は似たようなものなんだよ。悪いね。研修期間が終われば五十円上がるからさ」

馬鹿にしてんのか！　蒼衣は声も出ずただ目をひん剝《む》いた。五十円アップで喜ぶなんて高校生じゃあるまいし。

「さて、疑問も解決したことだし、プールに行こうか。いよいよ本格的な試験が始まるよ。他の子も待ってるだろうし」

さぞ楽しみだろうという満面の笑みで肩をバシンと叩《たた》いてくる海原に、蒼衣はもう相槌さえ打てなかった。

「……ん？　他の子って……？」

「あれ、大吉さんから聞いてない？　そんなに大々的な求人はしてないのに、全国から志願の声が後を絶たなくてね。既に二十人は超えてるかなぁ……まあ今のところ全員不合格なんだけど」

聞いてないにもほどがある。

蒼衣は採用試験の段階から寝耳に水なのだ。諸悪の根源は大吉だ。ろくに詳細も覚えていないのに紹介するなんて。

……いや、大吉のテキトーぶりは今に始まったことではない。蒼衣は思い直した。涼太や母の言葉に焦《あせ》らされていたとはいえ、大吉の話を鵜呑みにするなんて早まったことをしてしまった、昨日の自分がバカだったのだ。

「そろそろ決めないとスケジュール的にもマズイんだけどなぁ。そういうわけで、頑張ってくれよ蒼衣君。さ、プールへ向かおう」

蒼衣の気持ちなどお構いなしのように、海原は蒼衣の背中を押して無理やり視力検査室から退出させた。来た道を戻り、さっきとは違う角を曲がる。

——ここは、ブラックだ。ブラック企業というやつだ。

ダンプカーのような馬力で背中を押されながら、蒼衣は泣きべそ半分に悟った。

紹介してもらった翌日にもう面接だなんて、思えばそこからおかしかった。それほどまでに一刻も早くドルフィントレーナーの代理が欲しいということだろう。状況は切迫していると見た。

その一方で、全国から話を聞きつけて訪ねてくれた二十人を軒並み突っぱねる非情さ。矛盾している。

次々入社を志望して来るのをまるで当然のように思って、前途有望な若者をゴミのように捨てる。自分を落としてきた今までの企業と、ここもなんら変わらない。いや、それと比較したって給料が低すぎる。

頼まれたって入ってやるものか。蒼衣は心に決めた。こんなところ、さっさと試験に落ちて帰ってやると。

海原に背中をぐいぐい押されながら歩くこと数分。二人はやがて金属製の重い扉の前に到着した。海原が力を込めてそれを開く。

瞬間、薄暗かった視界に鮮やかなブルーが飛び込んだ。

屋内プールだった。背後の壁を除く三面は上半分がガラス張りで、その磨き抜かれた大窓から朝の陽光を室内へ導き、揺れる水面を煌《きら》めかせる。一辺二十メートルほどの正方形のプール。学校やスポーツセンターにあるようなものと異なり、かなり深さがありそうだった。

「イルカとのトレーニングに使うプールだ。プールと言っても、張ってあるのは海水だけどね」

蒼衣はやさぐれていた気分の全てを、一瞬すっかり忘れ去った。

疼《うず》くような、と全身の細胞が疼く。鼻腔《びこう》を突き抜ける潮の匂いが、蒼衣を海の男へと豹変《ひょうへん》させる。この全身が冷たい海水に沈むその瞬間を想像するだけで興奮した。

「水着は持ってきてくれたよね？　貸し出したいにもこれだけの人数分はなくて。この更衣室で着替えたらあそこに集合だ。もうみんな集まってる」

海原の示す方を見ると、言う通りそこにはウェットスーツ姿の男女が六名、微妙な距離感で集合していた。あれが海原の言う〝他の子〟、即ち採用試験のライバルだろう。

海原によると、採用試験の実施は二日おきで、今日で五度目。さすがにそろそろ合格者を出さないとまずい状況らしい。

知ったことではない、自業自得だ。

そう思いながらも、人を待たせていると思うと動きが機敏になるものだ。蒼衣は更衣室に入り手早く自前のウェットスーツに着替えると、最低限に手首や腱《けん》を伸ばしてから集合場所へ駆けつけた。

「よし、これで全員だね」

プールのへりに集合してみて蒼衣がまず気づいたのは、事前に集合していた六名のうち採用試験を受ける者は四名だということだった。

では残りの二名は何者だったかというと——今、整列した蒼衣たちと対面するように立って口を開いた海原の横に、その二名が並んでいる。三人ともオレンジ色のラインが入ったお揃《そろ》いのウェットスーツ姿だ。海原はいつの間に着替えたのだろう。

「改めまして、この度は当館の求人にご応募いただきありがとうございます。当館のイルカチーム、リーダーの海原です。本日は、よろしくお願いします！」

ハキハキと進行していく海原の礼に合わせて蒼衣たちも「お願いします」と声を揃えた。プールサイドのつぶつぶが裸足《はだし》に心地よい。

「副リーダーの黒瀬《くろせ》だ。よろしく」

海原のすぐ隣にいた男が低い声でそれだけ言った。蒼衣たちの挨拶もどもり気味になる。

年齢は見た感じ三十前後。背は平均より低めだが、ウェットスーツが強調する引き締まった肉体と、自然な黒髪の一部だけ金色に染まった前髪が隠す、狼のような静かで鋭い眼光の威圧感は形容しがたい凄みがあった。

まったく知るところではないが、こんな人が子どもに笑顔を届けられるのだろうかと蒼衣は心配になった。

しかし、そんな黒瀬を差し置いて、蒼衣たち五名の視線を最も釘付《くぎづ》けにしたのは、最後に残された女性だった。

「汐屋《しおや》凪《なぎ》です。昨年入ったばかりの新米ですので、今日は私の方が勉強させてもらうつもりで見させていただきます。よろしくお願いします」

清廉で、まだ僅《わず》かに幼さの残る笑顔だった。ぴったりとしたウェットスーツに強調された細長くしなやかな四肢と女性的な曲線。後ろでひとくくりにされた長い髪は、艶《つや》やかな烏の濡《ぬ》れ羽色。

健康的に日焼けした小麦色の肌なのに、透き通るほどきめ細かい。冬の凪《な》いだ海を思わせる、凛《りん》と冴《さ》えた深い色彩の瞳《ひとみ》。背は高くないが、すらりと伸びた背筋と落ち着いた佇《たたず》まいは貫禄《かんろく》さえある。

蒼衣はこれほど透明感のある女性に会ったことがなかった。

同い年ぐらいだろうか。初めて見たときから正直目を奪われていたが、見た目の若さから受験者側の人間だと思い込んでいた。

「さて、自己紹介も終わったので、さっそく試験に移っていきましょう！」

海原が笑顔で手を叩いた。

3

十分後。

ストレッチを終えた五人の受験生は、海原の指示で全員プールに入水していた。波も生物の気配もないとはいえ、張られているのは海水。肌を撫《な》でる冷たい水温と鼻孔をくすぐる親しんだ香りに、蒼衣は人知れず歓喜していた。深さは五メートルあるらしかったが、さすがにこんな職種を志願するだけあって、溺《おぼ》れる人間は一人もいなかった。

水面に浮かぶ程よい緊張感で引き締まった全員の顔を見回して、海原が笑顔で声を張り上げた。

「最初の試験を始めます。内容はとってもシンプルです。今から僕が合図をしたら、息の続く限り水中に潜ってください。そのタイムを測らせてもらいます」

はい、と蒼衣以外の四人が気持ちの良い返事をした。ぼーっとしていた蒼衣も慌てて続く。

「全身が完全に水没したタイミングでそれぞれ計測を開始します。体のどこか一部でも水面から出てしまった時点で計測終了です。相対評価はしませんので、こちらで定めた基準タイムを超えて潜り続けていられれば、皆さん通過となります」

他の四人が海原の話を聞き漏らすまいとする一方で、蒼衣は規則的な呼吸を繰り返しながら、自然体で水面に浮かんでいた。

やっぱり水の中はいい。余計なことが何も気にならなくなる。潜ればもっともっと思考がシンプルになって、まるで誰もいない別の惑星を旅しているような、穏やかな心地になる。

号令を待つかたわら、蒼衣は目を閉じた。たとえゴーグルをしていても、蒼衣は潜る直前必ず両目を閉じる。これは自分なりの作法で、武道で最初正面に礼をするのと似ている。もしくは、祈りを捧《ささ》げるようなものかもしれない。

「では、始めてください！」

海原の号令に合わせて目を開いた。酸素を深く深く取り込む。数秒かけて肺を満たした後も、唇を閉じたり開いたりしながら更に空気を吸い込んでいく。肺が風船のように膨らんでいくのが分かる。全てが整うと、蒼衣はもう一度目を閉じて、水の底を目指し潜水した。

真夏の海よりずいぶん水温が低く、顔を沈めた瞬間頬を張られたように目が冴えた。冬でも平気で海に繰り出す蒼衣にとってはむしろ、この水温は肌に合っていた。

音が低く鈍く滞った水中の世界は、まるで時間の流れさえも遅くなってしまったように錯覚することがある。

透き通った綺麗《きれい》な水だ。これなら外からでも、中を泳ぐ生物の姿がよく見えることだろう。水を美しく保つのは簡単なことではない。水質管理の徹底ぶりに、蒼衣は密かに感心した。

するりするりと水をかいて、蒼衣は間もなくプールの底へ到達した。尻《しり》をつけ、あぐらをかいて上を見上げる。煌《きら》めく水面でもがく八本の足が見える。驚くことに、まだ誰も潜ってさえいない。

全身が完全に水没したタイミングでそれぞれ計測開始。なるほど、つまり号令と同時に潜る必要は全くないわけである。むしろ全員よりなるべく遅れて潜ったほうが、心と体に余裕を持ってライバルを観察できる。

そんな小細工にばかり頭が回る小賢《こざか》しさを、蒼衣は人知れず嘲笑《ちょうしょう》した。

やがて一人、二人と潜り始め、号令が出てから三十秒ほど経ったところで全員の水没が完了した。体の一部でも水面に出てはならないというルール上、やはり全員プールの底まで潜ってくる。

無呼吸でいると、不思議と頭が冴える。蒼衣の場合はもう中毒なのかもしれなかった。麻薬的な快感だ。息を止めて水の中にいる間、蒼衣は全ての束縛から解放された気分になれる。

思えば、水の中でじっと座っているというのは初めての経験だった。なかなか悪くない。光る水面を見上げていると、生まれる生物を間違えたとさえ蒼衣は思った。息が永遠に続いたなら、ずっとこうしていたい。

ぼちぼち気分が良くなってきた頃だった。蒼衣の次に潜ってきた女の子二人が、口元を両手で押さえて床を蹴《け》り、決死の表情で水面へ急いだのである。

——うそ、もう？　まだ二分も経ってないのに。

驚く蒼衣の目の前で、三人目も間もなく後を追った。四人目の男はそれから三十秒ほど粘ったが、顔を真っ赤にして遮二無二水面に急いだ。どういうわけか、底に座る蒼衣にお化けを見るような目を向けて。

拍子抜けというか、不審に思うほどだった。ここからが気持ちいいのに。もったいない。どれ、と思いつきで仰向けに寝転がってみると、これが存外悪くなかった。

それにしてもあの八本の足は揃いも揃って情けない。水底から、水面に浮かぶ彼らを見下《みくだ》しながら蒼衣は嘆いた。ただでさえ遅れて潜ってきたというのに、あいつらは合格する気があるのか、と。

——ん？

しまった、と思うにも遅すぎた。

「ぶはっ！」

自らの過ちに気付くや否やロケットのごとく水面に顔を出した蒼衣に、どよめき混じりの喝采《かっさい》が浴びせられる。

「すごい蒼衣君！　四分ジャスト！　今日までの受験者の中でダントツ最高記録だよ！」

「そんな勢いで飛び出してくるまで我慢してたとは……気合い入ってんな。その熱意高ポイントだぜ」

「すごい肺活量ですね、尊敬します」

海原、黒瀬、凪が口々に絶賛する。蒼衣の胸中は一つだった。

やらかした。

凪の発表した基準は女性が一分四十五秒、男性が二分。女性陣に続いて上がってしまった男性一人が不合格となった。彼は悔しげに唇を噛《か》み、海原たちに一礼して退室していった。

そんな彼には悪いが、蒼衣に言わせれば基準が低すぎだ。手を抜くにしても二分未満で限界がきたフリをするのは、さすがに恥ずかしくてやっていられない。

続く試験、水中での運動能力と視野の広さを測るためのカラーボール拾いも、続く競泳も蒼衣は無難以上にこなしてしまい、その後不合格を言い渡される受験者は一人も現れなかった。

蒼衣はうなだれた。全てかなり手を抜いて挑んではいるものの、プライドの高さが土壇場で邪魔をして、なかなか不合格になれないのだ。

三段階の試験を通過した蒼衣たちは、海原の指示で一度プールサイドに上がっていた。他の受験者たちの息が上がっている中、蒼衣もまた、別の意味で非常に疲れていた。そろそろ本格的にまずい。このままでは、時給八百二十円でこき使われる奴隷となってしまう。

ヘマをする芝居を真剣に算段していたとき、海原がこんなことを言いだした。

「皆さんお疲れ様です。次がいよいよ、最後の試験です！」

緊急事態だ。蒼衣の顔から血の気が引いていく。

つまり次が、不合格になるラストチャンス。いよいよ焦り始めながら、同時に最終試験の内容が気になった。また潜水能力を試される類《たぐい》のものなら、蒼衣に勝ち目、もとい負け目はない。

「最後の試験は、彼女たちとおこなってもらいます！」

他の受験者たちが一斉に色めき立つ。どうやら「彼女たち」の見当がついていないのは、蒼衣だけらしかった。

次の瞬間、プールサイドが一瞬かすかに振動した。プールの壁面の一部、分厚いシャッターになっていた部分が重い音を上げて開いていく。水が減るようなことはない。向こう側にも、同じ海水が満ちているのだ。

長いトンネルの奥から、「彼女たち」は姿を現した。

筆が紙の上を踊るような滑らかさで水面をなぞる、灰色のつややかな流線形。愛《あい》嬌《きょう》のあるつぶらな瞳《ひとみ》。シャープな鼻先。大きな口。顔に似合わないその迫力。

遊泳、とはこの光景のことを言うのだと思った。水を切る動きはどこまでも流麗。海を住処《すみか》とする者だけが、辿《たど》り着ける境地。

それを導いてきたのが凪だった。四頭のイルカと並び、親しい友のように泳いでくる。イルカと目を合わせて微笑む姿は、まるで会話しているみたいに見えた。

「かわいいー!」

「かっけえ……」

受験者たちが思い思いの感想をつぶやく中、蒼衣は——美しい、と思った。

イルカが、ではない。凪がでもない。イルカと人間が並んで泳ぐというその光景そのものが、ひいてはイルカと彼女の間の目に見えない絆《きずな》のようなものが、眩《まぶ》しく美しく感じられた。

イルカを見たのは小学生以来だが、感動がまるで違った。自分の体はあの頃より大きくなったはずなのに、イルカが記憶より随分大きく見える。その存在感には敬意さえ覚えた。

あれは蒼衣の憧《あこが》れる、海で生きる者の極致。理想形だった。

もしかしたらこの瞬間から蒼衣は、イルカに、この職業に、既に抗《あらが》いがたい引力で惹《ひ》きつけられていたのかもしれない。

「最終試験は、イルカとのコンビネーション演技です」

楽しげな笑みとともに放たれた海原の言葉に、蒼衣を含め受験者の間に激震が走った。

＊＊＊

「イルカとのコンビネーション演技だぁ!? しかも練習時間はたったの三十分とか、無理に決まってんだろ！ なぁ!?」

胴間声で喚《わめ》いたのは蒼衣を除けば唯一となってしまった男性受験者、戸部《とべ》。彼は同意を求めるように蒼衣たち全員を見回した。

現在、ここまで残った受験者四名は海原の指示で、先ほど蒼衣も着替えた更衣室の机を囲んで頭を突き合わせていた。束の間の休憩時間と、最終試験の演技順を話し合う時間を兼ねている。

「そもそも、イルカと同じプールに入ることさえ初めてだっつの！　普通みんなそうだよな!?」

戸部の言葉に、女性陣はしどろもどろに頷《うなず》いた。

「は、はい。てっきりそういうのは、採用されてから訓練するものだと思ってました。ほかではそんな試験一度も受けたことないです。面接もやけにあっさりしてたし、海鳴《こ》、なんかおかしい気が……」

「あたしもこんな試験聞いたことない。だって普通、イルカと演技なんて練習する場所も機会もないじゃん……例えば、海洋動物専門学校のドルフィントレーナー専攻出身の人がこの中にいれば、別だけど」

そう言って、女性の一人がちらりと蒼衣を見た。戸部ともう一人もつられて蒼衣に注目する。期待と疑心の入り混じったような視線が、ひどく居心地悪かった。

「潮蒼衣君、だったよね。君は、その、大学はどこを出たの？」

「やっぱり海洋学系？　もしかしてイルカとの経験もバンバンありますって感じ？」

「それとも海上自衛隊出身とか!?」

女の子二人が好き勝手めちゃくちゃな経歴をでっち上げようとしてくる。蒼衣は泡を食った。

「いや、俺は……普通に地元の国立です、ほらすぐそこの。ただの文学部だし」

「うっそぉー!? てか頭もいいんだ! すっごーい!」

「じゃあ部活は? 水泳とかすごかったんじゃない?」

「ま、まぁ別に……」

二人で盛り上がる彼女たちに、もうとても帰宅部でしたとは言えなかった。

「おい、本題に戻ろうぜ」

戸部の不機嫌な声で女性陣が沈黙する。

「まあつまり、この中の全員イルカは初めてってことだな。ちょっと安心したわ。ならうまくできなくて当たり前。技術の是非で落とされるようなことはねえだろ」

「そ、そうですねっ。きっとイルカを怖がらないかとか、物怖《ものお》じしないで演技ができるかとか、そういうところを見られるんだと思います」

「そっか、後半は精神的な適性も見ていくって海原さん言ってたもんね!」

三人の言葉に頷きつつも、本当にそうだろうか、と蒼衣は思った。

もしそうなら、この試験は終始、網目の粗い篩《ふるい》と言わざるをえない。現に五人中四人が、最終試験まで生き残っているのだから。

最終試験がよほどの難関だと考えなければ、すぐにでも人手がほしい切迫した状況の中、今日まで二十人以上受けて一人も採用されていないという事実が不可解になる。

戸部たちの話を聞いていても、イルカと演技というのが他の水族館と比較してかなり異質で、乱暴な試験内容であるのは確かだった。

イルカとの親和度を見たいならただ触れ合わせるだけで済む。事故の可能性も否定できないのに、大事なイルカとド素人をいきなり対面させて演技をさせる。この強引な採用試験には、間違いなく裏がある。

——ひどいな。

海原たちの思惑に見当がついた瞬間、蒼衣はこの水族館に、心の底から失望した。

海鳴水族館は今回の求人で、〝即戦力〟を獲得しようとしている。

新人の育成に費やす時間・労力・資金は、少なければ少ないほどいいに決まっている……こんな考え方をする組織にろくなものはないが、実際は多くの企業に当てはまることだろう。

ここはその典型だ。

今は六月下旬。一か月もすれば水族館は繁忙期に突入する。そんなタイミングでスタッフの一人が怪我をしてしまった。今海鳴水族館イルカチームが欲しいのは、すぐにでも代役を担えるだけの地力の持ち主であり、むしろ半端な新人は採るだけ邪魔になりかねない。

分かる。しかしひどい。あまりにひどすぎる。そんな都合のいい人材なんて、先ほど彼女が言ったようにドルフィントレーナー育成カリキュラムを専門的に受けてきた者や、既に他の水族館でキャリアを積んでいる者など、ほんの一部のエリートに限定されるだろう。当然、それほどの優良物件がこんな半端な時期の急な募集に、都合よく飛びついてくるとは思えない。

集まったのは戸部たちのように、競争率の高いこの世界にまだ滑り込めずにいる雑草組。それでもちゃんと育成すれば、数年で立派なトレーナーになれる卵であるのは確かなはずだ。熱心な志願者が多い業界であることをいいことに、足元を見て志願者を落とし続ける。腐っていると思った。

不意に、蒼衣は、いいことを思いついた。

苦手な手加減でわざと試験に落ちるよりも、簡単で最高に爽快《そうかい》な方法。一転して愉快な気分になる。我ながら悪くない思いつきだと、蒼衣はひとりほくそ笑んだ。

それは、この理不尽な試験に、合格すること。

そしてド素人の自分をそれでも欲しいと海原たちに言わせてから、その手を払いのけてやるのだ。

これまで二十人以上が受けて全滅の試験に素人が合格をかっさらっていくのも爽快だし、そういう前人未到の領域は大好物だ。深海と同じ。蒼衣を強く、滾《たぎ》らせる。仮に落ちたら落ちたで、蒼衣が失うものはなにもない。そうと決まれば楽しくなってきた。もう、本気を出していいのだ。なんだか肩の荷がおりた気分で、蒼衣は笑顔で手を挙げた。

「順番なんですけど、俺最後でいいですか？」

「え？」

三人が同時に目を丸くした。

「えっと……逆に、最後でいいの？」

「はい。あっ、もちろん他にやりたい人がいたら譲りますよ」

三人は顔を見合わせて怪訝《けげん》そうにしていたが、蒼衣の他に立候補者が出ることはなかった。蒼衣の思惑通りである。

この四人の中でも一番イルカショーの知識がない蒼衣にとって、必要なのはイメージする〝時間〟と〝材料〟だ。

本来なら忌避されるトリという順番も、蒼衣にとっては都合がいい。どんなことをするのかさえイメージできていない蒼衣には、前三人の演技が参考になることだろうし、繰り返しイメージを頭に刷り込む時間も稼げる。

そしてトリを希望するのは、人気であろう二番目と三番目が埋まってからでは遅かった。なぜならトリ以上に、全員トップバッターだけは御免に決まっているから。

イルカとの演技が初めてなのは全員同じだ。トップかトリの二択になってしまったら、とてもすんなり蒼衣にトリを譲ってくれる者はいなかっただろう。

「じゃあ俺、ちょっとストレッチしてきます」

残りの順番ぎめで控えめに揉《も》めていた三人にそれだけ告げて、蒼衣はさっさと退室した。

——もうこの場所に用はない。次は、パートナーであるイルカの選定だ。


「海原さん」

プールサイドに立ちイルカたちに魚を食べさせていた海原に、蒼衣は声をかけた。

「おっ、蒼衣君。順番はもう決まったのかい」

「ええ。俺は最後です」

「あらら、そりゃ責任重大だね。緊張するかもだけど頑張って」

「はい。ところでこのイルカたち……名前ってあるんですか？」

プールのへりに立つ海原の前に、行儀よく横一列に並ぶ四頭のイルカ。きゅるんと潤んだつぶらな瞳《ひとみ》で、海原の手にある魚の入ったバケツを凝視している。

さっきはすごい存在感だと思ったが、今は餌をねだるだけの、なんてことない哺乳《ほにゅう》動物だ。そんなに賢そうにも見えないし、これと一緒に演技なんてそう簡単にできるのか。蒼衣に一抹の不安がよぎる。

「もちろんあるよ。右からモモ、トト、ララ、それからビビちゃんだ」

「見分けつくんですか!?」

まさか即答されるとは思わず、蒼衣は驚きの声を漏らした。四頭は見た限り全て同じ種で、恐らくはポピュラーなバンドウイルカ。サイズ感もほとんど一緒だ。こんなのを一体どうやって見分けるというのか、検討もつかなかった。

「簡単だよ、みんな全然違うじゃないか。ほら、僕と蒼衣君だって全然違うだろ？」

「そういうものですか……」

釈然としないながらも納得しておく。

「四頭いるってことは、丁度一人一頭ずつのペアができますよね。俺のパートナーはどの子なのか、もう決まってるんですか」

「あぁ、そういえばまだだね。みんな揃《そろ》ってから適当に割りふろうと思ってたけど……まあ、なんなら早い者勝ちで選んでもいいよ。トリは大役だし」

思惑通りの展開に蒼衣はほくそ笑んだ。どのイルカがパートナーになるかは最も重要な問題だ。下手なイルカをつかまされてはそれだけで大きな遅れをとることになる。

「いいんですか？　じゃあそうだな……海原さんのオススメは？」

「うぅん、みんなかわいいのに選べないよ」

かわいさを聞いてるんじゃないんだよ！　蒼衣がどうにかその言葉を堪《こら》えていると、断腸の思いとばかりに海原は左端のイルカを手で示した。

それがビビだった。

「ビビちゃんはみんなのリーダーで、賢くてとにかく優しい子だよ。初めてイルカに触れるなら、最初は彼女にフォローしてもらうのが一番じゃないかな」

フォローという言葉に、蒼衣は面白くない気分になった。確かに自分は素人だが、演技をするのはイルカだけだろう。

蒼衣が望むのは指示通り完璧《かんぺき》な演技ができる、優秀な運動能力と知能を持ったイルカであって、そこに性格の良さなんてなんの足しにもならない。

だがビビがこの中のリーダーだというなら、その点で申し分はないかもしれない。

他の三頭がビビに勝る保証もないし、迷う理由はなかった。

「じゃあこいつに決めます。よろしくな、ビビ」

海原の後ろを回ってビビの真正面につくと、蒼衣はかがみこんでビビに挨拶《あいさつ》した。

ビビは一瞬だけ蒼衣を見ると、すぐにプイッと海原の持つバケツに向き直ってしまった。ひくく、と蒼衣の笑顔がひきつる。

イルカは人懐っこい性格をしてると聞いたのに、まったく懐かないじゃないか。ビビの態度に腹を立てつつも、どうせ今日限りの関係だ、と思い直す。

「……期待してっからな」

つれない横顔に吐き捨てて立ち上がると、戸部たちの順番ぎめもようやく終わったらしく三人が歩いてくるところだった。

「よし、全員揃いましたね。それじゃあ今から、最終試験のエキシビションを始めます」

「……エキシビション？」

元の隊形に整列した蒼衣たちが、口を揃えて疑問を発する。

「いきなり演技をしろと言われても難しいと思いますので、まずはウチの両エースが見本を見せます。参考にしてください。じゃあ凪《なぎ》ちゃん、嵐《あらし》君、よろしくー！」

海原が背後に向かって手を振る。それで気づいた。いつの間にかプールの対岸に凪と黒瀬が並んで背筋を伸ばし立っている。四頭いたイルカたちも、やがて二人のすぐそばの水面に顔を出した。

イルカたちの表情が、先ほどと打って変わって精悍《せいかん》に引き締まっているような錯覚を蒼衣は覚えた。凪と黒瀬が同時に右手を掲げる。そして、凪の口にくわえたオレンジ色の笛が、鋭く高らかな音を響かせた。

笛の音に合わせ、一糸乱れぬ動きで凪と黒瀬が手を伸ばす。下に向けたその手のひらに、吸い寄せられるように二頭のイルカが勢いよく飛び出し、キスをした。

がった。イルカたちが助走をつけた様子は全くないのに、胴体の八割以上が水から浮き上がったのだ。あんな細っこい尾びれ一本でそんな力が出せるものなのか。

沈み込んだ二頭が水底《みなそこ》に消えると、残る二頭も同じようにして後を追う。プールを覗《のぞ》き込むと、多少の屈折はあるが、透き通った海水の向こうで四頭が優雅に群泳する様子が確認できた。

「みなさんおはようございまーす！　本日は当海鳴水族館にご来館いただきまして、まことにまことにありがとうございます！　当館自慢のイルカちゃんたちの頑張る姿、ぜひ目に焼き付けて帰ってくださいねー！」

――びっくりした！

すぐ近くの海原が、拡声器なしとは思えない声量で突然叫び出したのだ。高くてよく通る声だ。

「まずはぁ、イルカちゃんたちからみなさんへ挨拶がわりのー……」

ハイテンションで海原が拳《こぶし》を突き上げた瞬間、静かな水面《すいめん》から、一斉に生命の塊が飛び出した。

蒼衣の全身を突き抜けた衝撃は、通った先から肌を粟立《あわだ》たせた。鳥肌なんていつぶりだ。優に五メートル以上も舞い上がった黒い獣は、最高点で鮮やかに弧を描いて水面にダイブした。大量の水飛沫《しぶき》が跳ねる。

「すっ……げ」

これがさっきまでの無垢《むく》なイルカか。とてつもない存在感と迫力に、ただただ蒼衣は圧倒された。呆《ほう》けているうちに四頭は再び十分な加速を得ていた。

「特別サービス、もう一ぱーつ！」

水面から発射された巨体は先ほどより一メートル近くも高く空を舞った。この屋内プールの天井がやけに高い理由がようやく分かる。蒼衣たち四人は、無意識に吠《ほ》えていた。

一際すさまじい水飛沫が全身に降りかかるのも構わず、蒼衣はイルカの次の挙動から目を離せなくなっていた。四頭は凪たちの元に戻ると、ご褒美とばかりの魚を与えられてご満悦の様子だった。

イルカの能力は蒼衣の想像を遥《はる》かに超えるものだった。キャッチボール、フリスビー、時間差ジャンプ。その後の演技のどれを取っても大迫力。

かと思えば、ピンポイントで蒼衣たちに向け手を振りながら水面に顔を出して泳ぐ、という可愛らしいパフォーマンスも合間に挟まれ、その芸達者ぶりには舌を巻かざるを得なかった。

海原の進行も見事だった。どれだけ高速で入り乱れていても四頭を正確に見分け、それぞれのイルカを適切に紹介していく。時には軽快なジョークを飛ばし蒼衣たちを湧かせた。

濃密な五分が瞬く間に過ぎ去り、海原が名残惜しげに口を開く。

「いよいよ、最後の演技の時間になってしまいました。どうですかみなさん。これまで見て来て、最終試験の参考にはなりそうですか？　まさか楽しむのに夢中だったなんてことはないですよね？」

おそらく全員が図星だったことだろう。苦笑をさらっていった海原が満面の笑みで手を挙げた。

「スタイルのいいお姉さんはともかく、最近下腹が気になり始めたお兄さんは、突っ立ってばかりいないでイルカと一緒に泳いだ方がいいんじゃないですか？　というわけで……」

海原の発言に、黒瀬が自分のお腹をつまんでわざとらしく頭を垂れる。その後ろを、ぷるんとした唇に人差し指を当てながら、凪がそろりそろりと歩み寄っていく。しーっ、のポーズだ。絵になる仕草に蒼衣が見惚《みと》れる間もなく、

「ドボーン！」

海原の声に合わせて凪が黒瀬の背中を突き飛ばした……かと思いきや、黒瀬は土壇場でひょいっと横にかわしてしまった。代わりに盛大に水をはねてプールに落ちたの

は凪だった。

「あらら……お姉さんが落ちちゃいました。まあこれはこれでいいでしょう！」

どこまでがシナリオ通りなのか、三人の演技力のせいで判断できない。蒼衣は無意識に身を乗り出していた。

イルカと人間が、同じプールに入った。それが何を意味するのか、これから一体なにが始まるのか。

ついさっきまで蒼衣の胸中を占めていた、この職場に対する否定的な感情はいつの間にか欠片《かけら》も残さず吹き飛ばされて、ただ期待と高揚だけが、抑えきれない。

「それではみなさん、ご唱和ください。いきますよー！　十、九、八、七、六、……」

唱和などしていられない。蒼衣の目は煌《きら》めく水面の向こう側に釘付《くぎづ》けになっていた。洗練されたフォームで青の中を泳ぐ凪。そのすぐ後ろを、一頭のイルカが正確無比に追いかける。凪が進路を変え、真下に潜水する。

深度を深く取って上体をもたげた凪の背後を、そのイルカはぴったりと追随する。まるでホーミング機能つき魚雷だ。

ふと、凪が上昇をやめた。両足を人魚のようにぴったりとくっつけて膝を屈《かが》める。瞬間、イルカが、加速した。

「三、二、一……」

イルカの力強い鼻先が、精密機械の如く正確に凪の足裏を捉《とら》える。大人一人の体重を物ともせずに尾びれをかき回し、猛スピードで水面めがけて押し出す。ぐんぐんと突き上げられていく凪は、人間離れしたバランス感覚で体勢を保ち――海原の突き上げた拳と完璧《かんぺき》にシンクロしたタイミングで、人間ロケットが水面を突き破った。

「マジかよ……」

蒼衣の目が自然に見開かれていく。高々と舞い上がった凪は、両手を広げてくるりと旋回し、芸術的な弧を描く。光る水滴を振りまく彼女の美しさが、見事に着水した後もずっと蒼衣の網膜に焼き付いて離れなかった。

エキシビションを終えた凪と黒瀬、そして四頭のイルカたちに、受験者たちから惜しみない拍手が送られた。蒼衣は手を叩《たた》くのも忘れて呆然《ぼうぜん》としていた。

何か、この体のどこにあるかも分からない心を直接握って揺さぶられたような衝撃に貫かれて、全身にうまく力が入らない。

「さて、みなさんには今からこんな感じにやってもらうわけですが……」

――できるか馬鹿野郎。

胸中でツッコんだのは蒼衣だけではなかっただろう。

「特に最後のイルカロケットなんかは、女性トレーナーでできるのは全国でも数えるほどしかいませんからね。全く真似しなくていいですよ。あくまでイルカとの親和度を見せてもらうための試験です。ここで経験していただいておけば、採用後の育成もスムーズになりますし」

海原の説明を聞きつつ、蒼衣の目は凪を探していた。彼女は未《いま》だプールの中で、一頭のイルカと戯れていた。彼女に撫《な》でられて、蒼衣の目にもイルカは心から嬉《うれ》しそうな表情をしているように映った。

「バンドウイルカという種は温厚で人懐っこい性格と言われていますが、イルカやシャチが人を殺した事故もあります。これから三十分間の練習時間を設けますが、何かわからないことがあったり、身の危険を感じたりしたときはすぐに指示を仰いでください」

海原のいきなりの真剣な声音に一同緊張が走る。あれだけの馬力を持つ獣だけに、愛情表現でさえ人間の体はひとたまりもないだろう。

時刻は午前九時を回ったところだった。海鳴水族館は九時半開館。試験日はイルカショーの回数を午前中減らすことで、採用試験の時間を捻出《ねんしゅつ》していた。

そこまでするなら日を改めればいいのに、と蒼衣は思った。また明日《あした》集合して最終試験から再開した方がお互いのためではないか。たった三十分では、練習時間があまりに少なすぎる。

それとも本当に、最初から演技の出来は重視していないのか？　ならなぜここまで立て続けに受験者が落ちている？

頭を悩ませているうちに、海原によって受験者たちにイルカが割り振られた。蒼衣には根回ししていた通りビビが指定される。

先ほどのエキシビションの衝撃と、不透明な最終試験の合格基準。色々な感情がごっちゃになって、蒼衣の頭の中は散らかっていた。練習時間の開始が告げられ、各々《おのおの》とりあえずイルカとの面会に向かったが、蒼衣の足取りは重かった。

目眩《めまい》を覚えて固く目を閉じると、まぶたの裏に映るのは先ほどの光景ばかり。水中を自由に泳ぎ回り、圧倒的な存在感で空を飛んだイルカの姿。美しく宙を舞った凪の姿。

あれがどうしても、忘れられない。

「どうしました？」

柔らかくも凜《りん》としたその声にハッと我にかえると、立ちすくむ蒼衣のすぐ側まで一頭のイルカを引き連れて泳いできた凪が、心配そうに蒼衣の顔を見上げていた。

「気分が良くありませんか？　あれだけ長時間息を止めた後も、続く試験で潜りっぱなしでしたもんね」

「ああいえ、ぜんぜん、体はなんとも」

へりに手をかけて上ろうとする凪に、蒼衣は反射で手を差し出した。「ありがとうございます」とはにかんで凪が手を取る。引き上げてもほとんど重さを感じなかった。

「彼女があなたのイルカです。とてもいい子ですよ」

凪に示されたイルカと目が合う。ビビ。エキシビションの最後に凪を打ち上げたイルカは、たぶんこいつだ。イルカの見分けなど全くつかないが、あの瞬間は写真のように頭に焼き付いているから、蒼衣には妙な確信があった。

あれだけのショーを見せつけられてしまっては、もうその能力を疑うことはできない。

「ビビ、さっきは悪かったよ」

珍しく素直な気持ちになって蒼衣はビビに先ほどの非礼を詫《わ》びた。多分それほどに、感動したのだ。蒼衣が屈みこんでビビに顔を近づけると、ビビも初めてしっかり蒼衣の目を見た。

——よく見たらお前、けっこうかわいいじゃんか。

ふっと頰を緩めた、次の瞬間、ひたいにハンマーで殴られたような衝撃が走った。たまらず悲鳴を上げて尻餅《しりもち》をつく。

「いってぇ!?」

ビビがあろうことか頭突きをしてきたのである。正確には口吻《こうふん》と呼ばれる突起した部分が、蒼衣のひたいを突いたのだ。

「こんにゃろ、人がせっかく仲良くなろうと……」

「ふふ、今のは頭突きじゃなくて、チューですよ」

背後で凪が楽しそうに笑う。

「い、威力強すぎませんか……」

「勢い余っちゃっただけでしょう。少し顔を引き気味にして受け止めなきゃいけません。そうすると」

吹き飛ばされた蒼衣の代わりに前に出た凪が、ちゅっちゅっ、と唇で小さく音を鳴らした。ビビが勢いよくその口吻を伸ばして飛び上がってくる。凪はそれに合わせて少し体をそらし、ビビを包み込むように受け止めた。

目を閉じた凪の唇と、ビビの口先がピトッと触れた。それはほんの一瞬のことだったが、スクリーンショットのように蒼衣の頭に焼き付いた。それは写真集の見開きを飾れるほど、絵になる光景だった。

「このように、口同士をつけることができますよ。ビビちゃんはイケメンさんが好きですから、ぜひやってあげてください」

「は、はい……」

　蒼衣は口をあけて惚《ほう》けることしかできないでいた。彼女が立ち去ったらすぐにやろう。今なら間接的に凪ちゃんともチューしたことになるはずだ。蒼衣は鼻息荒く心に決めた。

「頑張ってくださいね。応援してます」

　魅惑的な笑顔を残して凪が去っていった。試験官の立場として一人の受験者と長く関わってはまずいのだろう。彼女が背をむけたのを確認して蒼衣はビビに向き直った。

「さあビビ、来い！」

　凪がやっていたように唇で音を鳴らしてビビを誘う。ビビは目を輝かせると、弾丸のごとく飛び出して蒼衣の眉間に突撃した。

「いてぇぇぇぇぇぇぇぇっ！」

4

　笛の音が鋭く屋内プール全域に響き渡り、三十分間の練習時間が終了した。

「はい、集合してくださーい！」

　海原の号令で、蒼衣を含め、それぞれペアのイルカと入水していた受験者全員がプールから上がり、元の隊形に集まった。イルカたちは代わりに飛び込んだ凪に導かれ、実に大人しくプールの隅に固まっていく。

「最終確認です。演技の時間は一人一分。内容は自由ですが、イルカを乱暴に扱ったりイルカのストレスになるような行動は慎んでください。みなさんの練習風景を見させていただいた限り、大丈夫そうでしたけどね」

いい返事こそするものの、戸部たちの表情は硬かった。極端に短い練習時間に加え、イルカとは初対面。たった一分間の演技とはいえ、形にしろという方が難しい。

唇を引き結び、不安を隠しきれない様子の彼らを、蒼衣は横目で一瞥《いちべつ》した。

「それでは始めましょう。トップバッターはどなたですか」

「は、はい！」

声をうわずらせながらも、勢い良く挙手したのは戸部だった。

「はい、戸部くんとララちゃんのコンビですね。それじゃあスタンバイお願いします」

戸部はプールの対岸まで歩いていき、相棒のララを待つ。間もなく凪がララを先導して、戸部の元に届けた。

「じゃ、始めてくださーい」

「は、はい！」

緊張した面持ちで戸部が手を挙げた。片手には小魚の入ったバケツを持って、見た目はそこそこ様になっている。

口に咥《くわ》えられた笛から、震え気味に音が鳴った。演技スタートだ。黒瀬と凪がしていたように、水面に向かって戸部が差し伸べた手のひらに、見事、ぬっと浮上してきたララの吻が触れる。

お、と募った蒼衣の期待は、すぐさま萎《しぼ》んでしまった。水に戻ったララは、そのまま深く潜るでもなく、なにか特別動くでもなく、ただきょとんと戸部の顔をじっと見つめている。

要するに、なにも起きなかったのである。

「ララ、ドンマイ！　もう一回だ！」

戸部が硬い笑顔で猫なで声を出す。頑張って、と蒼衣の隣に立つ女の子が耐えかねたように声を振り絞った。

戸部はおそらく、ララにジャンプをさせようとしている。だがそれは蒼衣が早々に断念したものだった。

戸部が気づいていたかどうかは分からないが、エキシビションで黒瀬と凪は、芸の最初にイルカと目を合わせ、なにか複雑なハンドサインを素早く、さりげなく伝えていた。

その直前に必ずおこなっていたのがあの、手のひらにキスをさせるというやりとりだ。つまりあれは「今からサインを出すぞ」という、イルカの注意をトレーナーに向けるための行為に過ぎず、それ自体に具体的な指示はなにも込められていないのだろう。

芸ごとに決められているハンドサインをマスターしない限り、既存の芸はなに一つイルカに指示することができない。

改めて、ふざけた試験だと、蒼衣は憤った。

三十分という練習時間のあまりの短さを考えても、海原たちは完成度の高い演技など最初から期待していないと考えるのが普通だ。しかし本当にただイルカとの親和度を見るだけが目的なら、うまくできないことなど分かり切っているこんな茶番を、わざわざ全員にやらせる意味がない。実際にこれまでの受験者は全滅している。

やはり、この最終試験に合格するためには、今すぐショーに出しても恥ずかしくないと言えるほどクオリティの高い演技をするしかない。高望みする海原たちを唸《うな》らせるほどのパフォーマンスを。蒼衣は拳を握って海原たちを睨んだ。

「すみませんね、お客さん！」

突然戸部がそんなことを叫んだので、蒼衣はハッと我にかえった。

「普段はバンバン飛んでくれるんですけどね、今日はちょっと、ララちゃんお腹が減ってご機嫌ななめみたいですー。さっきご飯あげたばっかりなんですけどねえ」

その手があったか！

蒼衣は感心して目を見開いた。それまで無表情で行方を見守っていた海原と黒瀬が、ふくみ笑いで顔を見合わせる。

おそらく本番で芸がうまくいかないことを練習の段階で確信し、予《あらかじ》め用意しておいた文句なのだろう。ララの失敗をトーク力で誤魔化し、やり過ごすつもりだ。ふざけているようでこれはたぶん、かなり本質をついている。

イルカだって生き物なのだから、体調や機嫌によってショーがうまく進まない日もあるだろう。そんな時、MC役が賑《にぎ》やかすだけで観客の満足度はかなり違うはずだ。

その対応力をアピールする方向に、早い段階から頭を切り替えてこの本番に臨んだのだとしたら、大した男だと思った。ただ、口べタな蒼衣にはどのみち、逆立ちしたって真似できない芸当だった。

「まったく、しょうがないな！ ララちゃーん！」

海原たちの反応に勢いを得たか、戸部は会心の笑みを浮かべてララの名を大声で呼ぶと、バケツから比較的大ぶりの魚をむんずと摑《つか》んで掲げた。ララはその瞬間、はじめて戸部に興味を示したように振り返った。

「ごはんだよー！」

ぽーんっと放り投げられた魚がくるくる回転しながら放物軌道を描く。ララは勢いよく潜水して深度をとると、宙を舞うエサめがけて垂直に飛び上がった。巨軀《きょく》をくねらせ見事その口で魚を摑み取ったララに、女性陣から黄色い歓声が飛び出した。

「はい、そこまで！」

海原の号令とララのダイナミックな着水が同時だった。戸部はやりきった表情で蒼衣たちのもとに駆けてくる。始まる前とは別人のように機敏な動きだった。真顔だが、蒼衣にはどこか誇らしげに見えた。彼にとっては大満足の出来だったろう。

自分の番を今か今かと待ちながら蒼衣はショーの行方を見守った。二人目、三人目の演技も滞りなく進行していく。

戸部が示した方向性に不安も和らぎ、彼の演技に触発されたか、女子二人とも随分硬さが取れたように見えた。

ビーチバレーボールと、フラフープ。自由に使っていいという指示だったそれらの小道具を持ち出して、笑顔と明るさを活《い》かし、持ち時間を精一杯盛り上げる。

そんな彼女たちの頑張りに応《こた》えるかのように、モモはボールを見事にトスしてパートナーに返し、トトは放り投げられたフラフープを吻《ふん》でキャッチしくるくると回した。

イルカの芸の鮮やかさに、自分の番が刻一刻と近づいていることも一瞬忘れるほど、蒼衣は見入ってしまった。

演技を終えた彼女たちは、戸部と同じように、緊張感から解放された安堵《あんど》と、演技がうまくいった喜びに表情をほころばせ、始まる前よりも堂々として帰ってくる。

すごかったな。案外やれた。楽しかった。気持ちよかったよね。三人が、小声で興奮気味に語り合っている。唯一その輪に混ざれないのは、まだ演技を終えていない蒼衣だけだ。

「お疲れ様でした。じゃあ最後、蒼衣君。お願いします」

「はい」

いよいよだ。海原に名を呼ばれて、蒼衣は返事もそこそこに前に進み出た。演技を終えた三人が応援の言葉を投げかけてくる。

「ビビ、行くぞ」

演技の邪魔にならないよう、凪がプールの隅に固めていたイルカたちの群れに向かって蒼衣はそうひと声かける。その瞬間、群れから一頭のイルカが飛び出して、対岸に向かってプールサイドを歩く蒼衣のすぐ側に駆けつけ、ぴったり寄り添うように泳ぎ始めた。

ざわりと、室内中が揺れたのが蒼衣は快感でたまらなかった。

対岸に到着して顔を上げれば揺れる水面を挟んで向こう側に、小さくなった海原たちがいる。今や全ての視線が、蒼衣一人に注がれている。

「お前が呼んだだけで来たもんだから、みんなビビってたな」

蒼衣とビビはイタズラの共犯者たちがするように目を合わせた。

「落ち着けよ。合図はまだだ」

それは水面に顔を出したり沈んだりして、落ち着きのないビビに対して言ったのか、それとも自分に言い聞かせたのか、分からなかった。

「始めてください！」

力のこもった号令が迸《ほとばし》った。次の瞬間、蒼衣は犬歯をのぞかせていたずらっぽく笑うと——用済みの餌入りバケツを足元に置いて、思い切りプールサイドを蹴飛《けと》ばした。

「えっ……」

「ん!?」

「はぁぁぁ！！？」

大小様々な驚愕《きょうがく》の声を置き去りに、待ち侘《わ》びた水面を突き破る。豪快な水柱を上げ、蒼衣は一気にプールの底付近まで潜水した。狂喜乱舞するビビに笑いかけ、そのまま、ロケットスタート。

切り取られた海の世界で、蒼衣は快哉《かいさい》を叫んだ。

ついてこい、ビビ。鬼ごっこだ！

＊＊＊

パートナーに決まったときから、蒼衣はビビが気に食わなかった。

それはとても本能的なもので、なぜ彼女が気に入らないのか、理由を言葉にすることができないでいた。

それがはっきりしたのは、練習時間になり、とりあえずビビにフラフープを投げてみたときだった。

ビビが見事一発でフラフープをキャッチし、器用にくるくる回しながら返しにきたときは素直に感動した蒼衣だったが、フラフープを受け取った瞬間、ビビは退屈そうにプールに潜っていったのだ。蒼衣は思った。

……あれ、これ、遊んでもらってるの俺じゃね？

どうりで腹が立つわけである。イルカたちにとって蒼衣たちはせいぜい「お客様」がいいところで、間違っても「主人」ではない。

蒼衣がビビに抱いていたのは、小学生の頃、涼太の家に遊びに行ったとき、彼が飼っていた小さな室内犬に感じた苛立《いらだ》ちと同じ感情だ。動物に下に見られる感覚が、蒼衣のプライドには屈辱であった。

そんな関係でどんな芸を万が一成功させたとしても、それは自分の実力ではない。

蒼衣はそう思うようになった。あくまでビビが、お客様のために「遊んでやっている」だけ。

前三人の演技はどれもそれに当てはまる。投げた魚やボールやフラフープをうまくキャッチできたのは、イルカの能力が高いから、ただそれだけの理由だ。イルカに向かってものを投げるだけなら小学生にだってできる。

そうではなく、ドルフィントレーナー、即ちイルカの調教師としての資質を見せつけるにはどうしたらいいか。蒼衣のプライドは、やがて一つの結論を導き出した。

——俺の方が、ビビと遊んでやればいい。

凪たちのように完全にイルカを飼い慣らして操るのはまだ無理でも、せめてイルカのモチベーションを「遊んでやっている」から「遊んでもらっている」にシフトできれば、試験官たちの印象は違うはずだ。そう考えた。

この主従関係を確たるものにするには、本来長い時間を一緒に過ごすことが必要だろうが、手っ取り早い方法がある。

それが、自分の泳ぐ姿を、ビビに見せつけることだった。

＊＊＊

深い、深い青を切り裂いて蒼衣は水中を飛翔《ひしょう》する。嬉《うれ》しげに漏らした鳴き声を海水に溶かしながら、ビビがすぐ後ろを猛追する。重い物体が水を掻《か》き回す音が、地鳴りのように蒼衣の耳朶《じだ》を打つ。

ついてきてるか、ビビ。まだまだ上がるぞ。

水を蹴って蒼衣が加速すると、背後の気配も圧力を増す。興奮に肌がぶわりと音を立てるようだった。

——イルカってこんなにバカ速いのか。直線勝負じゃ勝ち目がない。

瞬く間に迫った前方の壁を蹴飛ばし、急速Vの字ターン。イルカには真似のできない芸当だ。虚を突かれたビビをいったんは引き離したものの、軽やかに壁スレスレをUターンし、すぐさま後ろぴったりに追いついてくる。恐るべき水泳能力である。

蒼衣は他の受験者が手を替え品を替え実践できそうな芸を探している間、練習時間のほとんどをプールの中で費やした。練習に使えるプールの範囲は四分の一と狭かったが、水中での蒼衣の身のこなしを一目見た瞬間にビビの目が変わったのを肌で感じていた。

練習中も練習が終わってからも、ビビはずっとそわそわしていたはずだ。だから蒼衣が一声呼んだだけで嬉しそうに飛びついてきた。早くこのプールを目一杯使って泳ぎたい。その気持ちの一点では、蒼衣とビビは強く共鳴していたことだろう。

たった三十分で主従関係を築くことは不可能。だから蒼衣は、ただ、自らの能力を披露することでビビに関心を向けさせた。

今のビビは、意のままに動かせる。

——どうだ、恐れ入ったか！　これが俺の答えだ！

蒼衣は感情を爆発させて鯱《しゃち》のごとく泳いだ。気分がいい。どれだけ引き離そうとしても嬉しげについてくるビビを振り返るたびに、高揚感が膨れ上がる。

一本の生き物のように繋《つな》がって泳げば泳ぐほど、蒼衣はビビと目に見えないなにかで精神的に繋がっていくような感覚に支配された。

それはさながら、海水に溶ける青い糸。縦横無尽に泳ぎ回る蒼衣とビビを結び、互いの裸の意思と感情が貿易される。ビビが自分に負けないくらい楽しんでいることが、蒼衣は何より幸せだった。

——名残惜しいが、そろそろ時間だ。

水中でもう一度深く息を吸うように、気を引き締め直した蒼衣はがくんと上体を折って、最深部を目指し潜水した。

これだけ激しい動きを続けたせいか、さすがに体力の消耗が早い。一刻も早く水面に上がりたいのを精神力で堪《こら》えて、息を詰め、唇を結び、水底《みなそこ》へ潜る。

半月を描くようにプールの底へ到達すると、最後の力を振り絞って床を蹴飛ばした。

推進力を得て上昇していく体。ビビは蒼衣の軌跡を寸分たがわず辿《たど》り、プールの底から蒼衣を見上げる。

蒼衣は、鬼気迫る血走った眼でビビを見下ろしながら、行くぞ、と肩越しに親指で水面を指した。

水面の向こう側まで——俺を運べ、ビビ。

蒼衣の不遜《ふそん》な態度に対して、なぜだがビビも挑戦的に笑ったように見えた。

練習でも当然合わせる暇などなかった。自信があった。狭い場所で行えば大事故になる恐れがある。だが、広い場所ならできる。初めて目の当たりにしたあの瞬間から、脳裏に焼き付いて離れなかった映像を、壊れるほど再生してイメージと修正を繰り返し、己に落とし込んだ。

練習風景を見守っていた海原たちの度肝を抜く、本番限りのサプライズ。決めてみせる。後は、ビビが意図通りに動いてくれるかどうか。

不思議なことに、来るという確信が蒼衣にはあった。果たしてビビは尾びれを高速で上下に動かし、打ち上げ花火のような勢いで蒼衣目がけて突き上がってきた。蒼衣の泳いだ道を一直線にそのまま辿って来る。

息は限界を超えていた。膝《ひざ》を曲げ、両足を揃えた蒼衣は、霞《かす》む視界で真上を見上げる。光のカーテンに覆われた水面が揺れる。直後、くっつけた足裏のど真ん中を正確無比に撃ち抜く衝撃。危うく横に吹き飛びそうになるのを、鍛え上げた体幹でやっと耐える。
びりびりと顔を殴りつける水に負けじと目を押し広げると、光を孕《はら》んだ蒼《あお》い天井が視界いっぱいに拡がっていた。心の準備もなにもなかった。両足に力を込める。煌《きら》めく膜を打ち破るその瞬間、蒼衣は恐れを忘れてがむしゃらにビビの口吻を蹴った。

空気と音を取り戻した世界で、蒼衣は雄叫びのような歓声に包まれた。

復活した重力が内臓を掻き乱す。下腹が冷え込むような恐怖。それを上回る悪魔的な快感が、蒼衣を鷲掴《わしづか》みにして離さなかった。高い天井がすぐそこに見えたところで視界が反転し、青い水面が代わりに蒼衣を迎える。

空中を舞っていた時間は本当に一瞬に感じられた。自由落下にその身を任せ、しなやかに着水した蒼衣は、激流のように押し寄せる興奮に背中を押されて、すぐさまプールの外に転がり出た。

心臓が体験したことのない速度で早鐘を打っている。耳の血管までどくどくと煩《うるさ》い。普段は数秒もあれば元に戻るのに、いつまで経っても全く呼吸が安定しなかった。

成功した。成功させた。どんなもんだ。誇らしい感情が泉のように湧いてくる。蒼衣はあくまで飄々《ひょうひょう》とした態度を取り繕おうとしたが、仰向けに倒れた蒼衣の視界に映る、天井に向けて突き上げた拳がなにより正直だった。今、自分が柄にもなく熱くなっているのだということを、認めなければならないと思った。

ちょっとコツを摑《つか》めば勉強も運動も、大抵のことはなんでもできた。人付き合いとか愛想笑いとか、苦手なものとはハナから向き合ってこなかった。

こんなに真正面からなにかをぶち破った感覚は、生まれて初めてのような気さえする。

蒼衣の前に演技を終えていた三名が、口々に騒ぎ立てながら蒼衣の周りに駆けつけた。戸部に肩を貸してもらって起き上がる。ぐらり、と貧血に似た目眩《めまい》に襲われた。

「悔しいけど、これはあんたの一人勝ちだな」

「その……ファンになっちゃったかも。絶対、ショー見に来るからね。またすごいジャンプ見せてね」

「泳ぎも超速かったぁ。ほんとにかっこよかったよ」

曖昧《あいまい》な笑顔でそれぞれに礼を言いつつ、待ってくれている海原たちの元に戻りながら蒼衣はぼんやりと考えていた。

時給八百二十円。夏場はまだマシだが気温が下がれば仕事も過酷だろうし、こんな演技を一日何度も観客の前でやらなければならない。安賃金に釣り合わないハードな仕事だ。

それでも、さっき、あの二十メートル四方のプールの中で、蒼衣は圧倒的な体験をした。今でも頭がぼーっとして、うまく言葉にできないし、思い出すことも難しいけれど。

大吉の言う通りだった。ダイビングの非日常に慣れきっていた蒼衣の体が、強烈に反応するほどの刺激と快感が、あの中にはあった。

この仕事のことをもっと知りたい。それはもはや、どうにもできない欲求だった。

「お疲れ様、蒼衣君。ケガはない？」

迎えてくれた海原に笑顔で頷《うなず》いて、蒼衣は戸部にも礼を言って自力で立った。

「無茶しやがる。練習でやろうとしてる様子がありゃ止めてたとこだ。何事もなくてよかったが」

「あ、あの」

怒っているのか笑っているのか分かりにくい黒瀬を押しのけて、凪が、何やら言いにくそうにしながら蒼衣の前に進み出た。

何かを伝えようとしている。その姿は形容のしようもないほどに可憐《かれん》だった。これからはこんな美人が同僚になるのかと思うと、足元が浮つく。

「潮さん、その……」

「だめだよ凪ちゃん」

何を言いたがっていたのか、結局蒼衣は知れずじまいだった。海原が優しくも、有無を言わさぬ笑顔で凪をそう制したからだ。

「は、はい」

「さて……これで試験も全て終了しました。遠方から来られている方もいらっしゃいますし、結果は早い方がいいでしょう。既に出ているので、今から発表させていただきますね」

整列してください、という海原の言葉に、全員が最後の整列をした。蒼衣はどことなく物寂しい気分になった。せっかく少し仲良くなれたのに、この戦友たちとは今日を最後に離れ離れになってしまう。

「もうわかりきってるよね」

蒼衣の隣に並んできた女の子がいたずらっぽく笑った。またここまで会いにくると言ってくれた子だ。蒼衣も自然と笑顔になる。そのやりとりにわだかまりは感じなかった。

この三人も同じ仕事を目指す者たち。またどこかで会うこともあるだろう。柄じゃないが、これが終わったら連絡先を交換しておこうと思った。今日の出来事だけでも、酒の席で最高の肴《さかな》になりそうなものばかりだ。

「結果を発表します」

海原がよく通る声でそう言って、そして蒼衣と目が合った。

「厳正な審査の結果、残念ながら本日、合格基準に達した方はいらっしゃいませんでした。皆様の今後のご活躍を、職員一同お祈り申し上げます」

5

快晴。柔らかく穏やかな波。布団を思わせる水温。海のコンディションはこれ以上無かったが、蒼衣の時化《しけ》た心は凪《な》ぐどころか荒れる一方だった。

もっと深く。蒼衣はまるで人間が空気を求めるように、がむしゃらに手足を動かして深海を目指した。喉《のど》の奥が詰まる。口いっぱいに綿が押し込まれていくようだった。普段の何倍も早く限界が訪れても、蒼衣は潜水をやめない。

暗くて冷たくて、静かな場所に行きたい。地上の光も色も、届かない場所がよかった。まだ思い出す。どれだけ締め出しても浮かんでくる。ここより冷たい水温。狭いプール。不思議な動物の匂い。風を切った感覚。大歓声。不合格の宣告――。

潜っても潜っても、どんなに酸素の供給を止めても、普段の余分な思考が削《そ》ぎ落とされていく感覚は訪れない。目が霞《かす》む。驚くことに、泣いているのだった。喉が詰まって吐きそうになる。

不意に心臓が早鐘を打った。強く、速く、殴りつけられるような鼓動。瞳孔《どうこう》が開く。正体不明の寒気。どちらが上で、どこに向けて潜っていたのか、方向を見失う。全身から大音量の警報が聞こえる。

息ができない。苦しい。冷静さが栓をひっこ抜いたように、瞬く間に抜け出て行く。目をこじ開けて八方どこを見渡しても真っ暗闇。ブラックアウト。恐慌に陥りながら漠然と死を悟る。

水中で暴れかけた蒼衣の手が、誰かの手によって力強く摑み取られた。一瞬硬直した隙に口の中にレギュレータを詰め込まれる。ゆっくり、ゆっくり肺に酸素が満ちていくにつれて、蒼衣は徐々にパニックから覚めていった。

再び鮮明になってきた視界の端に映った金髪。心配そうな顔で自分を覗《のぞ》き込んでいる涼太に、ハンドサインで問題ないことを伝える。涼太に助けてもらいながら、蒼衣は時間をかけて水面に顔を出した。

船に上がった途端、軽いめまいがしてよろける。水深計の表示を見て激烈な屈辱を感じた。蒼衣はほんの水深十五メートルという地点でパニックに陥っていたのである。

「大丈夫かよ。蒼衣がパニックなんて珍しいこともあるもんだな。長らくバディやってっけどまともに助けたのなんか初めてじゃねえか？」

「……悪い、助かった」

ダイバーの多くは、パニックの脅威と戦っている。心の不安、焦り、恐怖。水中の深いところにいると、時折、多くはそんな精神的消耗が原因で極度の混乱状態に陥ることがある。これがパニックだ。

これまで蒼衣は、パニックと無縁のダイバーだった。幼い頃から精神的負荷の強い素潜りを、時にはバディすらなしで日常的に続けてきたせいなのかもしれない。

むしろ深く潜れば潜るほど、蒼衣は頭が冴《さ》え心が穏やかになり気持ちよくなるという、涼太に言わせれば「重度の変態」だった。体験して初めて、身をもって思い知る。パニックとはこれほど恐ろしいものだったのかと。

「冷静に対処してくれた涼太のおかげだ。最悪死んでたかも」

「用意しては毎回使わずじまいだったタンクをようやく使えて、むしろ嬉《うれ》しいってもんよ。……つぅか、今朝なんたらトレーナーの試験とやらでけっこうな無茶したんだろ？　疲れてたんだよ。今日はもうやめとけや」

「……あぁ、そうだな」

帰りの運転は涼太が引き受けてくれた。岸に向かって走り出した小型船の上で、蒼衣は経験したことのない劣等感に唇を噛《か》み締めた。大きな太陽は西に傾き始め、澄んだ青空のバランスが少しずつ崩れていく。

蒼衣はドルフィントレーナーの試験に落ちた。

原因は分からない。蒼衣は海原たちに理由を追求することができなかった。できることを全てやって、自信もあった。その上で否定された衝撃とショックが、思った以上に強すぎた。

蒼衣の不合格に納得できず食ってかかった戸部に対して、海原は「合格基準や採点内容には言及できない」と苦笑気味に応対していた。蒼衣は誰とも口を利くことなく、無言でプールを出て、気づけば着替えて迎えにきてくれていた大吉の車に乗っていた。

車内の記憶も曖昧《あいまい》だ。大吉はどうだったとも聞かなかったし、蒼衣も、せっかく紹介してくれた大吉に対してごめんの一言も口にできなかった。

夏子は何か小言を言ってくるかと思ったが、帰ってきた蒼衣と大吉の顔を見るなり、何も言わずに昼食を作ってくれた。

自室に戻ってようやく一人の空間に浸れたとき、蒼衣は初めて強烈な苛立《いらだ》ちを覚えた。叫び出したくなった。壁を殴りつけたくなった。けれどそういうのは、最もダサいと知っていたから必死に我慢した。

無性に海に潜りたくなり、ダメ元で涼太を誘った。涼太にならと話せることがあると思った。普段は短い文面で用事を伝える蒼衣が電話をかけてきたことに何か感じてくれたのだろうか、電話口の涼太の返事は快いものだった。

それでも結局、迎えにきてくれた涼太に、徒歩で海に向かう間話せたことは、父の紹介でドルフィントレーナーの試験を受けたこと、上手《うま》くできたのに落ちたこと、この二つが精一杯だった。

「蒼衣ィ」

操縦室から、前を向いたまま不意に涼太が声を張り上げた。

「……なに？」

「お前のそんな顔、オレ初めて見たぜ。なんでも簡単にこなして、たまにできねぇことがあったらできねぇままにしておいて、ダイビングしてねぇ時のお前はいっつもまんなそうだった。そんなお前がさ……そんな悔しそうにしてんの初めて見たから、ちょっと嬉しいっつーか」

蒼衣の方こそ、珍しいものを見た思いだった。ボキャブラリーに乏しく、言葉に困ると「それな」とか「あーね」とか、聞いているのか分からないような相槌《あいづち》を使う涼太が、自分なりに言葉を探して励ましてくれている。

悔しそう、か。この苛立ちには悔しいという名がつくらしい。悔しくなるほど、自分はあの場所に、惹《ひ》かれていたというのだろうか。

「なにがそこまで、お前をそうさせた？」

「俺は……」

人前で泳ぐのが気持ち良かった。職場に綺麗《きれい》な人がいた。技術を披露して歓声を浴びるのが爽快《そうかい》だった。蒼衣はどれも事実で、どれも違う気がした。

「……分かんねぇよ。あそこに何があったのか、どうしてこんなに、忘れられないのか……ただ、なにか、あそこに忘れ物がある気がする」

試験が終わってからも、家に帰ってからも、海に潜っていてもずっと、あの場所に後ろ髪を引かれている感覚があった。大切なものを忘れてきた。だからこんなにモヤモヤする。

「なるほど。んじゃさぁ、今から行ってみっか」

「は？」

「海鳴水族館だよ。今……五時か。六時閉館だよな、飛ばせば最後のショー見れんだろ」

「おい、やめろ」

「面舵《おもかじ》いっぱーい！　ヒャッフー！」

奇声をあげて涼太が舵《かじ》を思いっきり左に切る。船体がぐわりと傾き、蒼衣は危うく振り落とされかけた。

そっちは取り舵だバカ！

手すりに叩《たた》きつけられた蒼衣がツッコむ間もなく、エンジン全開で加速した小型船は、蒼衣の悲鳴を乗せて海鳴水族館を目指し、海面を滑るように高速で走り出した。

＊＊＊

今朝来たばかりのはずなのに、蒼衣には全く違う場所に感じられた。

近くの停泊場に船をとめて、今度は客として海鳴水族館にやってきた。時刻は五時半を過ぎている。最後のイルカショーは既に始まっている時間だった。

「おい、帰ろうぜ。こんな時間に入っても金の無駄だろ」

二十分少々しか滞在できない水族館に千八百円も払えない。受付の女性スタッフもこの時間帯に大の大人が男二人で来たことに困惑気味の表情を浮かべていた。構わず札を四枚出そうとする涼太を蒼衣は必死にとめた。

「金は気にすんな、奢《おご》ってやる」

「どうしてそこまでするんだよ！　いいっつってんだろ、もうこんなとこ来たくねえのに……！」

力は蒼衣の方が強い。それでも涼太は有無を言わさぬ笑顔だった。

「小学校入る前からの付き合いだろーが。ようやく蒼衣が、なんかいい感じに変わろうとしてる気がするんだよ。結局最後はお前次第だし、オレにできることなんてこんぐらいのもんだけど、やれることは全部やってやりてーじゃん」

すんません、大人二枚ね。蒼衣の手を振りほどいて涼太が受付に金を支払う。働きもせず、さんざん見下した職場に落ちた情けない自分なんかのために、ここまでする涼太が蒼衣には理解できなかった。

そういえば、付き合っていて面白くもないであろう自分と、飽きもせずつるみ続けているのは唯一涼太だけだった。涼太の方が、よっぽど変人だ。

「……金は返さねえからな」

そう憎まれ口をきいてようやく蒼衣は中に入る決心がついた。訝《いぶか》しげな受付スタッフの視線に見送られて、蒼衣と涼太は水族館のゲートをくぐった。

パンフレットの見取り図を頼りにイルカショーの場所を探す。どうやら屋外にプールがあるようだった。試験会場だったプールからほど近い。恐らく太いパイプか何かで下が繋《つな》がっているのだろう。

「男二人で水族館とかバカみてえだな」

「じゃあ連れてくんなよ！」

屈託なく笑った涼太を怒鳴る。気分は最悪だった。ショーには海原も黒瀬も凪もいるだろう。見つかったらどんな顔をすればいい。彼らは、どんな顔をするのだろう。

「だって、見てみてえじゃん。どこ落ちてもけろっとしてた蒼衣がそんなに落ち込むほどの職場だろ。寺田工業なんか目じゃない魅力があるってことだ」

「寺田工業の方がいいに決まってんだろ。こっちは時給八百二十円だぞ」

「ますます気になるじゃん」

ヘラヘラ笑ってずんずん先を行く涼太の後を、気乗りしない足取りでついていく。

やがて遠くから、大勢の歓声が蒼衣の耳に届いた。どくん、と心臓が脈打つ。水しぶきの音。海原の明るい声。観客の笑い声。近づいてくる。不思議なことに、蒼衣の足は早まっていた。ここに忘れて来た大切なものが、小さく自分を呼ぶ声が聞こえるような気がしたのだ。隣に追いついて来た蒼衣に、涼太が満足げに笑った。

壁面に『イルカプール　こちら』と示された矢印の先に、外へと続く扉が見えた。

蒼衣は涼太を追い越して、深海を求めるように力一杯扉を押し開いた。黄昏《たそが》れた陽の光とともに、聞こえていた喧騒《けんそう》が蒼衣を殴りつけた。

扇形の客席は満席。試験会場だった屋内プールの倍は下らない、大きなプールはもはや海を見ているようだった。場内を流れる軽快なBGM。一人、プールより客席側に立った海原が、ちょうどショーがクライマックスを迎えることを告げた。

観客は一様に微笑みをたたえて、優雅に泳ぐイルカたちにキラキラした視線を向けている。凪と黒瀬のエキシビションを目の当たりにしたとき、きっと自分も同じ顔をしていたのだ。

青の中を泳ぐ彼女の姿を一目見た瞬間、蒼衣は忘れものの正体を悟った。

「ちょ、蒼衣？」

プールに背を向けた蒼衣にぎょっとして、涼太がその肩を掴《つか》んだ。

「悪い、涼太、先に帰っててくれ」

「……お前は？」

「やり残したことがなんだったのか、今分かった。もう手遅れだろうけど、このまま
じゃ帰れない」

気を抜けば泣いてしまいそうだった。鉛のような罪悪感を胃のあたりに感じる。謝
らなければ、帰れない。

「……そうか。なんかわかんねえけど連れて来た甲斐《かい》があったな」

「涼太、マジでありがとう。金は返すからな！」

心からの感謝を伝え、蒼衣は来た道を逆走した。

どこだ。館内を走り回りながら蒼衣は必死にあの場所へと続く道を探した。見取り
図のどこにも載っていない。

今朝の記憶を引っ張り出して、蒼衣は水族館の外へ飛び出した。賑《にぎ》わった駐車場を
縫うように駆け抜け、建物を迂回《うかい》。裏手の従業員用駐車場に辿《たど》り着く。

関係者以外立ち入り禁止、の札を無視して蒼衣は裏口扉を開け放った。今朝海原に先導されて通ったばかりの、暗く埃《ほこり》っぽい廊下が蒼衣を迎える。もう、あの時とは心境がまるで違う。

記憶だけを頼りに、蒼衣は横腹を痛めるまで走った。行き過ぎては戻り、迷子になりかけ、それでも少しずつ目的地に近づくにつれ、ルートが鮮明に思い出されてくる。廊下に乾いた靴音を反響させながら、疾走《はし》って疾走って疾走って、とうとう目当ての場所にぶつかった。分厚い扉に体当たりせんばかりに飛びつく。この先だ。ずいぶん時間がかかった。間に合っていてくれ——。

ガチャガチャ、とノブが残酷な重い音を鳴らした。扉は施錠されていた。蒼衣がどうしてももう一度だけ訪れたかった今朝の試験会場は、その音とともに蒼衣を拒んだのだった。

「はぁ……はぁ……はぁ……くそ……」

ダイビングで培った蒼衣の体内時計は正確だ。もう閉館時間を過ぎている。それでなくても部外者の自分は、一刻も早くここから立ち去らなければならない。

汗だくの体がいやに早く冷えてきた。帰ろう。気落ちとともに冷静さを取り戻し、後ろめたくなった蒼衣は、ため息を漏らして踵《きびす》を返した。

「関係者以外立ち入り禁止だよ、ここ」

後ろに、海原と黒瀬が立っていた。どきりと心臓が跳ねる。ショーを終えて戻ってきたところだろうか。彼らの視線が痛い。蒼衣は反射的に頭を下げた。

「ごめんなさい！　あの……お願いがあります」

自分を落とした試験官に頭を下げるなんて、今までの蒼衣なら逆さに振っても出てこなかったはずの行動だ。プライドをかなぐり捨ててでも、今、どうしてもせずには帰れないことがあった。

「もう一度だけ……ビビに会わせてください……！」

その言葉は、二人とも予想していなかったようだった。唇を噛《か》んでずっと頭を下げ続ける蒼衣に、やがて海原が一言だけ返した。

「いいよ」

「え？」

思わず頭を上げる。完全にダメ元だった。海原はこちらに歩み寄ってくると、ポケットから取り出した鍵《かぎ》で扉を解錠した。どうぞ、と促されるまま蒼衣は中に入る。

斜めに差し込む夕陽を受けて、プールの水面《すいめん》はオレンジ色に輝いていた。

「普通はお引き取り願うところだけど。ビビの方も、あれからずっと寂しそうにしてたもんでね。ショーにも身が入らなくてどうしようかと思ってたんだ」

「……そう、ですか」

言葉を失いかける。海原が壁際のボタンを操作すると、プールの壁面の一部が開き、やがて今朝と同じように凪に先導されて、イルカたちがこのプールにやってきた。

ビビはすぐに見つけることができた。

「ビビ……」

なぜ忘れていたのだろう。なぜあの時思い至らなかったのだろう。自分の愚かしさに反吐《へど》が出そうだった。蒼衣がプールの縁ぎりぎりにしゃがみ込むと、ビビは蒼衣を見つけて、静かにこちらに向かって泳いできた。ビビと目が合う。その目からはなんの感情も読みとれない。

「……ちょっとぶりだな。俺、お前に二つ、言いたいことがあってきたんだ」

今日の最終試験。完璧《かんぺき》の出来だと思った。実際、戸部たちの反応を思い出せば、少なくとも見る者を感動させる演技を行えたことは確かだ。

だが、あの時、全てが完璧に決まった瞬間、津波のように押し寄せた快感に流されるままに、たちまち陸に上がり、拳《こぶし》を突き上げ、ひたすら余韻に酔いしれた。

たった一人で。

あの時は、何よりも爽快感《そうかいかん》と快感が全身を支配して、気にも留めなかった。ただ完璧に理想をなぞった己の能力を賞賛していた。

その時、ビビは。

一緒に水中を競争して、最後に煌《きら》めく蒼《あお》い膜の向こう側へ押し上げてくれたビビは、自分がさっさと陸に上がってしまった後、一人ぼっちのプールの中で、なにを感じていたのだろう。どんな顔を、していたのだろう。

最低なことをした。いざ思い出したら、もう会って謝らずにはいられなかった。寂しかっただろう。不愉快だっただろう。せっかく――

あぁ、と蒼衣は改めて納得する。蒼衣がこの仕事に感じていた抗《あらが》いがたい引力は、能力を見せつける快感でも凪たち上司でもなかった。

イルカという、ビビという存在だ。

築きたかったのは主従関係のつもりだった。このプールの中で、蒼衣はビビと遊んでやっているつもりだった。だが、全速力で泳いでも軽々追尾してくるビビの能力に高揚し、興奮し、無邪気な子どもにかえったように遊んでいたのは自分も同じではなかったか。

蒼衣はイルカの能力に魅せられ、彼女たちと心を通わせた瞬間の快感に、骨の髄まで取り憑《つ》かれていた。覚えたことのないその感情に、名前をつけられないでいただけで。

最後のイルカロケットだって、ぶっつけ本番だったのはビビも同じだ。あのジャンプは、自分とビビ、二人が完璧だったから完璧だったのに。

——こういう関係を、なんて言ったかな。

遊ばれるのでも、遊んでやるのでもない。お互いを認め合って、競うと気分は高揚して、力を合わせれば一人では起こせない奇跡を起こせる。

真っ先に浮かんだのは涼太の顔だった。

「せっかく……友達に、なれたのにな。……今更だけど、今日はごめん。それから、最高だったよ、今日のお前」

伝えるべきことは伝えた。いよいよ別れなければならないというときになって、ようやく悔しさの理由が分かった。蒼衣はやり切れない気持ちで立ち上がり、未練がましくビビに言う。

「俺は……もうお前と二度と泳げないって、決まっちゃったから……だから、悔しかったんだ、たぶん」

情けなくなってビビに背を向けたその瞬間、水面が激しい音を立てた。

ビビが怒ったのかと思った。驚いて振り返ったときには、彼女の気配は目と鼻の先に接近していた。ワケも分からぬ間に、唇を、柔らかく跳躍したビビの吻《ふん》がちょいと突っついた。

胃の上の方に感じていた粘っこい重みが、たちまち跡形もなく溶けて、代わりに温かい液体が優しく満ちていった。

蒼衣は救われるより先に恐縮した。ビビがもう一度心を許してくれたことが、恐れ多かった。

水しぶきをあげて着水したビビが、再び浮上して、どこか得意そうな表情で蒼衣を見上げる。ビビの言葉がわかるなんて大それたことは言えない。それでもビビがあっさり許してくれたことは、蒼衣にでもわかった。蒼衣が全てを懺悔して初めて、再び心を開いてくれた。それがわかって、ビビの存在がなによりも尊く感じられる。

次から次へと溢れるのは、悔し涙だ。せっかく許してくれたのに。動物と心を通わせることができることをビビが教えてくれたのに。

ビビのトレーナーには、なれなかった。

蒼衣は鼻水をすすり、涙を乱暴に拭《ぬぐ》うと踵を返し、じっとなりゆきを見守ってくれていた海原と黒瀬に、赤く腫《は》らした目を向けて、

「俺……ドルフィントレーナーを、目指します」

睨《にら》むようにそう宣言し、頭を下げた。

「次回以降の採用試験で、今度こそ合格してみせます。泳ぎも、もっともっと、練習します。だからその時は、また……ご指導、よろしくお願いします」

顔を上げ、今度はプールから上がってきていた凪の方に向き直った蒼衣は、再び無言で頭を下げた。彼女にはきっとこれだけで伝わる。

なにか、やり残したことはありませんか――凪はたぶん、演技を終えた自分に、あのときそう言おうとしてくれていた。

今日の受験者に、演技の後イルカを労《ねぎら》ってやった者は一人もいない。

それこそが最終試験の、唯一の評価基準だったに違いない。演技の出来は重要ではない。全てが終わり、受験者の気が抜けたその時、初めて本当の両者の関係は明瞭《めいりょう》になる。

パートナーのイルカに対する敬意と感謝、愛情が少しでもあれば、どんなにうまくいかなくても労ってやれただろう。落ち度があれば謝って、こうすればよかったと、反省を共有できたかもしれない。

ドルフィントレーナーの精神的適正とは、きっとそれだ。イルカを愛する心。主でも従でもなく、対等に尊重する心だ。

驚くべきことに、今の自分にはそれがあると思えた。だから、また必ずここに来る。ビビのトレーナーになる――それが今日から、蒼衣の夢になったのだった。

「うん」

顔を上げた蒼衣と目が合った海原は、なぜか楽しそうに笑って黒瀬と目配せした。黒瀬は苦笑気味に頷《うなず》いた。凪は、蒼衣とビビを交互に一瞥《いちべつ》して、それから嬉《うれ》しそうに破顔した。

「蒼衣君。君を海鳴水族館のドルフィントレーナーとして採用したいんだけど、どうだろう？」

「……え」

蒼衣の代わりにビビがきゅうっと返事をして、海原たちの笑いを誘った。

蒼衣が状況を把握するには、もう少しだけ時間が必要だった。

第二章　Splash Blue

1

蒼衣は自分でも驚いたのだが、いざ仕事に就くと自然に早起きができるようになった。

無意識に気が張っているものなのだろうか。出勤初日は、家に帰ってきている間も早起きする大吉より三十分も早く目が覚めてしまい、白っぽい空の光と静寂にぼんやり包まれた我が家が、なんだか全く知らない場所に思えたものだった。

アラームの設定は六時半。まもなく夏子が起きてきて、朝食を作ってくれる。その日のメニューは、だいたいが昼の弁当の中身に持ち越される。

大吉は毎日六時には起きて、日課のラジオ体操をしている。オフの期間ぐらい、ゆっくり昼まで寝てればいいのにと蒼衣は思う。

七時十五分に家を出れば、出勤時間の八時までに余裕を持って職場に向かえる。とはいえ蒼衣は決して朝が強い方ではないので、これが毎日続くとなると正直かなりきつい。

大吉と夏子に見送られて今日も普段通り家を出る。スーツに身を固める必要がないのはありがたかった。出勤は家族兼用の自家用車で。仮に道が混雑していても五分前には到着できる。

「おはようございまーす」

「あぁ、おはよう蒼衣君」

「おう」

採用試験の会場にもなっていた練習用イルカプールが蒼衣の朝の職場だ。隣接した更衣室に入ると海原と黒瀬が既に来ていた。蒼衣も干していたウェットスーツを着た上から作業着を着込んで、海原たちに続いて更衣室を出る。

そうか、今日凪は非番か、と蒼衣は少し残念に思った。休館日の月曜日を除いて基本は出勤のイルカチームだが、土、日、祝日や夏休みなどの連休シーズン以外は、ローテーションで非番をもらえることがある。

特に平日は客入りとの兼ね合いでショーの数を減らしているので、一人非番の確率が高い。臨時採用の蒼衣と、やはり女性ということで凪には海原たちが優先的に非番を回してくれていた。

七月に入ってもう三週目の水曜日。蒼衣が海鳴水族館に採用されてから、一ヶ月近くが経過していた。少しずつ仕事には慣れてきたものの、毎日ヘトヘトになって帰るのは相変わらずだった。

「嵐君と蒼衣君、今日の調餌《ちょうじ》よろしくね」

「はい」

「うーす」

海原の指示で蒼衣たちは調餌場に向かう。その間、海原はチームリーダーとして朝の集会に出席する。

更衣室と同じくプールに隣接した場所に、調餌場というのがある。二十畳ほどの空間に、大きな冷凍庫、横に長いシンク、それから向かい合わせにまな板が二枚置かれた広いテーブル。

ここは、イルカたちの餌を用意する場所だ。

海鳴水族館ではイルカの餌にサバとシシャモを使用している。二種類あるのはイルカによって使いわけるためというよりも、サバとシシャモのサイズ差を利用して理想的な〝弾数《たまかず》〟を用意するためだ。一日に食べさせる量は決まっているので、大きいサバだけを使うと夕方まで数がもたなくなる。

十キログラム程度のブロックで冷凍保存しているサバとシシャモのうち、イルカたちの朝ごはんに使う二ブロックを朝一で取り出し、ある程度自然解凍させておく。それを流水で洗い、ブヨブヨにならない絶妙な加減まで解凍するのが一日の最初の仕事だ。それからイルカに食べさせてもよいものと、餌として使えないものを選別していく。これら一連の作業が調餌である。

九時半の開館、そして十時のショーに間に合わせるために、とにかく調餌はスピード勝負。新鮮なまま急速冷凍させたサバやシシャモは、鮮度が維持されており青臭さがあまりない。

解凍が終わったサバのトレーをテーブルの真ん中に置き、黒瀬と向かい合って仕分けをスタートさせる。計二十キログラムの魚を、細かい傷がないか、目の色が悪くないか、ひとつひとつ手作業で確認していき、問題ないものだけバケツに入れる。傷んだものも無事な部分だけカットしてバケツに入れ、優先的に食べさせる。早く消費しないと断面から傷んでしまうからだ。

「少し急げよ。でも焦るぐらいなら急がなくていい」

忙《せわ》しなく手と目を動かし続けていると、向かいから黒瀬の鋭い言葉が飛んでくる。

蒼衣は余裕のない返事をした。

調餌はスピードが命だが、それ以上に大切なのは丁寧さ。たった一匹傷んだ魚が餌バケツに紛れ込んでいただけで、イルカが死んでしまう可能性さえある。それを想像したらとても流れ作業になどできなくて、必要以上に時間がかかってしまう。

蒼衣も初日に比べれば随分慣れた方だが、黒瀬の調餌は蒼衣の倍は速い。本当にちゃんとチェックしているのか疑うほどのペースで、それでいてどんな細かい傷も見逃さず餌を選別し、十キログラムを三十分足らずで仕分けてしまう。「慣れ」だと黒瀬は簡単に言うが、朝一番から体力と神経をすり減らす調餌の時間を、蒼衣はずっと好きになれずにいた。

この日もどうにか調餌を終えた蒼衣が、黒瀬とともに餌バケツを持ってプールに戻ると、帰ってきていた海原がイルカたちの健康チェックを始めるところだった。

体温計測は毎日行う。電子体温計を用い、イルカの肛門《こうもん》から、直腸にコード状の感温部を挿入して測る。

イルカの平熱は三十六～三十七度。人より僅《わず》かに高いぐらいだ。平熱より高い場合は体調不良や病気の可能性を疑うことができる。

「三十六・六度。うん、トトちゃん今日も元気ですねー」

優しい笑顔で体温計を引き抜き、トトの腹を撫《な》でる海原。蒼衣も、イルカたち五頭をどうにか区別できるようになってきていた。体格やヒレの形、体の傷など、一頭一頭分かりやすい違いが実はあって、それを覚えれば見分けることは難しくない。そうでなくてもこれだけ毎日一緒に過ごしていれば、顔の造作や表情なども違うことに気づいてくる。中でもビビのなんとも言えない生意気な顔は、百頭の中からだってパッと見つけられる自信があった。

体温計測を終えた順に、イルカたちに先ほど用意した餌を与えていく給餌《きゅうじ》の時間があり、その後プールサイドや調餌場の簡単な掃除を終えたところで、時刻は開館時間に迫った。

調餌・給餌・掃除。この業界では「三つの『じ』」と呼ばれる、これら全てが朝の仕事だ。既に軽い目眩《めまい》を覚えるほど働いたのに、時計が示すのは午前九時半。一ヶ月前の蒼衣ならまだ寝ていたであろう時間だ。ニートの気楽さ、働くことの厳しさにくらっと意識が遠くなる。

開館直前に行うイルカチームの朝礼では、海原から、館長ら上役とチームリーダーの集まるミーティングで共有された連絡事項などが伝えられる。

「さあ、今日も一日頑張っていきましょう！」

朝礼をしめる海原の挨拶《あいさつ》は、基本毎日このセリフ。

海鳴水族館が、今日も開館の時間を迎えた。平日ということもありすぐさま駆け込んでくるような客は珍しいが、それでも十時からの最初のショーにはある程度の人数が集まる。

たとえたったの一人でもお客さんがいれば、イルカチームは全力でショーをする。それがイルカとトレーナーの、エンターテイナーとしての矜持《きょうじ》だ——。

「……はーい、イルカさんたちがジャンプしたらすごい水しぶきが上がりますからねー、お召し物濡《ぬ》れないようによろしかったらこちらのご利用いかがですかー……」

本日最初のショーの、十分前。まばらに入り始めた客は最前列の席から埋めていく。最も水跳ねの激しいロケーションだ。蒼衣はそんな来場客に、生気のない声と淀《よど》んだ営業スマイルで透明な防水シートを配る。

今日までのイルカショーにおいて、これが蒼衣の唯一の仕事だった。

「いつになったら、ショーやらせてくれんだよ……」

猛暑日の炎天下、観客に聞こえないように蒼衣は盛大なため息をついたのだった。

＊＊＊

無事にショーが終わると、海原と黒瀬、イルカたちに盛大な拍手が送られる中、黙々と防水シートを回収していく。

蒼衣のショーでの役目は、これだけだ。

代わりに課せられているのが「観察」することだった。猛暑日の屋外プールの外で、座ることもできずひたすら海原たちのショーを観察する。

ただ見るだけでなく、時系列順にショーの展開を記録したり気になったところをまとめ、「観察日誌」として毎日海原に提出しなければならなかった。平日でもショーは一日四回もある。

最初の頃は素直に従っていた蒼衣だが、もともと息を止めること以外に関しては忍耐力の足りない男だ。暑い中、すぐそこに海水プールがあるのに入ることを許されない状況が一ヶ月も続いているとなると、いい加減フラストレーションがたまってきていた。

「……お前らはいいよなぁ。一日中泳げて。俺もイルカになりたいよ」

客がはけたところで蒼衣はプールに歩み寄り、中を悠々と泳ぎ回るイルカたちに愚痴を吐いた。開館中は、イルカはこのショー用の屋外プールで過ごす。厳密に言うと、トレーナーに休憩時間はない。時間を譲り合って昼食をかきこむ以外は、基本的にこの屋外プールでイルカと過ごすか、追加の餌を調餌《ちょうじ》場で用意するか、館内を回ってお客さんとコミュニケーションをとるかのいずれかが、開館中の、ショー以外でのトレーナーの仕事になる。蒼衣は調餌も好きではなく、客とフレンドリーに話せるはずもないので、特別に指示が出たとき以外、すべきことをさっさと終わらせてプールに入り浸っているのが常だった。

その日も四度のショーに蒼衣が出演することはなかった。午後五時半からの最終ショーを終えると、プールの壁面を開き地下トンネルのような道を通って、例のトレーニング用プールにイルカとともに戻る。

ここでも蒼衣は一人だけ徒歩での帰還だ。防水シートを干したり、あれだけ言っているのになお少ないながら置き去りにされたゴミを片付けたり、ショー会場の掃除をこなしてから初めてプールに戻ることができる。その頃にはすでに閉館時間の六時を過ぎて、空も徐々に茜色《あかねいろ》に染まろうかという時刻になる。

日焼けでヒリヒリ痛む首筋を、濡らした手のひらで冷やしながら、蒼衣はトレーニング用プールに戻った。強烈な日射の下での長時間の勤務は、ただ立っているだけでも相当体力を奪われる。丈夫な体が取り柄の蒼衣も、この時点で疲労困憊《こんぱい》になる。

だが、閉館したからといってまだ帰れるわけではない。これからおよそ二時間近くは、イルカとの夜間トレーニングの時間だ。蒼衣が落ち着いて水に入れるのは、ようやくこれからである。

ストレッチももどかしく海水に身を躍らせた蒼衣は、待ち侘《わ》びたその冷たく柔らかい感触に歓喜した。水を得た魚とはこのことだ。激務で火照《ほて》った体が冷やされていく。日焼けにしみるが、そんなのは構っていられない。

蒼衣の入水に反応し、プールを優雅に泳いでいたビビが一目散に飛んできた。蒼衣の周りをぐるぐる泳いで、体当たりのような威力で体を擦り寄せてくる。

「よ、お待たせ」

そのツルツルした頭を、なだめるようにぺちぺち叩《たた》く。イルカの肌はゴム質で弾力があって、水の抵抗をいかにも受けなさそうな触り心地がする。

焦《じ》らされているのはビビも同じかもしれなかった。一緒に泳げるのは夜だけで、ショーでは蒼衣の出番はない。

ショーになると決まってステージの外に出る蒼衣を見て、ビビが、「あいつはショーをやらないのか」とでも言いたげな目で海原たちを見ることもある。蒼衣はそれが嬉《うれ》しくて、それだけに悔しい。

夜間トレーニングの内容は、今は蒼衣の育成が主になっている。毎晩、イルカへの各種号令、餌の正しい与え方、触れ合う上での禁止事項、芸の意義など、多岐にわたる知識や技能を、海原たちが小分けにして手ほどきしてくれる。

蒼衣は息巻いて、それらを必死に吸収していった。早く身につければそのぶん早く本番のショーに出られる日がくると考えたからだ。

記憶力と複写能力には自信があった。蒼衣は海原たちが感心するほどのスピードで、仕事内容も含め彼らから教わったことを全て数日のうちに覚えてみせた。

実際、蒼衣は今やショー以外の全ての業務を十分こなしている。ミスもほとんどしたことがない。愛想のいい接客などは苦手なままだが、それでも給料分の働きは絶対にしている自負があった。

「それなのに、どうしてショーに出してくれないんですか？」

夜間トレーニングを終え、日誌をまとめたり、諸々《もろもろ》の仕事も全て終わらせ、更衣室で帰り支度を始めたとき、蒼衣は勇気を出して海原と黒瀬に聞いてみた。

「いや……そりゃあお前」

黒瀬が言葉を探していたところを、海原が手で制してにこやかに笑った。

「蒼衣君、この仕事なめてる？」

ピシィッ、と全身が石化したかと思った。

「うん、確かに君はよく働いてくれてるよ。飲み込みも早いし文句ない。けどね、ショーに出るのだけは他の仕事と話が違う」

海原は蒼衣の提出したその日の観察日誌に目を通しながら、バッサリそう切り捨てた。引っ込みがつかなくなり、つい口にするつもりのなかったことを言ってしまう。

「……俺、この一ヶ月見てて思ったんですけど。今の海原さんたちってけっこうカツカツですよね？　たった三人でショー回して俺のことも面倒見てくれて……臨時採用って助っ人《すけと》みたいなはずなのに、俺は足引っ張ってるじゃないですか」

それは、正直な気持ちだった。蒼衣の目にも、今の海原たちはギリギリでもたせているように見える。蒼衣は今は雑務でこそ力になれているが、最初仕事を教えてくれたときは全員三十分も早く出勤してくれていたし、閉館後の夜間トレーニングも蒼衣のために大幅に時間が延びている。

これならいない方がトータルで海原たちは楽なのではないか。怪我で療養中というもう一人のスタッフが戻るまで凌《しの》げばいい。ショーに出られないのなら、自分はなんのために雇われたのか。雑務係ならアルバイトでも雇えば済む話だ。

望まれて雇われたからには、目に見える形で職場の戦力になりたい。いてもいなくてもいい歯車になるぐらいなら、また毎日海に出るだけの生活に戻った方がマシだ。

それが蒼衣の本心だった。

「困ったな。蒼衣君。少なくとも僕らは、君を一時的な仲間だとは思ってないんだけど」

「え？」

「臨時の募集だったけどさ。僕らは君の能力と、イルカを思う気持ち、それからその強い向上心を買ってるんだ。君さえ良ければだけど、蒼衣君には正規のスタッフになって欲しいと思ってる」

黒瀬が「言っちまうんすか」と呆《あき》れ声を出す。まったくもって、蒼衣には寝耳に水な話だった。

「だから、ゆっくりやっていこうって、僕らで相談して決めたんだ。焦って君を壊したくはないからね。ビビたちもその方が嬉しいはずだ」

このとき、蒼衣はうれしさのあまり聞き流していた。壊す、という物騒なワードを。

「君はどうかな。入院中のスタッフが帰ってくれば辞めるつもりで働いてた？　一生懸命仕事を早く覚えようとしてる姿を見ていて、そうじゃないと僕は思ってたんだけど。どうだろう、ウチの正規スタッフになる気はあるかな」

低賃金、重労働、その上一度もショーに出してもらえていない。この一ヶ月で蒼衣の貧相な忍耐力は限界に近づいていたところだった。いや、限界を超えてしまったからこそ今、海原に不躾《ぶしつけ》なことを聞いてしまったのかもしれない。

だが、割れんばかりに膨れ上がっていた蒼衣の不満は、海原のたった一言で、巧みに秘孔を突かれたようにあっさり解消されてしまった。

認めてくれていた。長期的な視野で見てくれていたから、時間を惜しまず育成をゆっくり丁寧に進めてくれていた。その事実に感激したのだ。蒼衣は大きく首を縦に振った。

「うん！　どのみち蒼衣君が次の就職先を探し始めてしまう前には、この話をしようと思ってたからね！　いやーよかったよかった！」

正規スタッフという言葉を噛《か》みしめていた蒼衣は、その後背を向けた二人が小さな声でしていた会話を聞き逃していた。

「またそうやってうまいこと丸め込んで……えげつないっすねホント」

「はっはっは、蒼衣君ほどの人材を手放せるわけないだろ？　他の水族館に盗《と》られたらどうする。よく働くし体力は無尽蔵だし、意外と馬鹿正直で熱い男だから扱いやすいことこの上ない。彼は僕の手で最高のトレーナーに育て上げるんだ！」

「……職務でもなんでもない日誌まで書かせて何企《たくら》んでるかと思ったら。元教師の血ですか？」

「そんなところかな！」

二人でこそこそ、何を話しているのだろう。蒼衣が身を乗り出そうとしたところで、察知したように海原がサッとこちらを振り返る。

「ま、そういうわけで、僕らのことは気にせずゆっくりいこう。蒼衣君は物足りないかもしれないけど、これでもかなり駆け足なんだよ。優秀すぎるのも考えものだね」

「いやぁ、そんな」

乗せられている自覚はなくもなかったが、有頂天の蒼衣は簡単に気分を良くした。

「とは言え、気づいているかもしれないけどそろそろビビのストレスが見過《や》ごせないレベルに来てる。君とショーに出たくて仕方ないんだろう。僕らとしては妬いちゃう気持ちもあるけど、どうだろう。夏休みシーズンど頭のショーで、一度デビューしてみるかい？」

苦節一ヶ月。とうとうこの時が来たと、蒼衣は心を躍らせた。

そんな自分を、未来の蒼衣が見たらきっと張り手を食らわせて目を覚ませと叫んだことだろう。逃げろ、と遺言を残したかもしれない――。

2

寝過ごした！

スマートフォンの時刻表示を見るなり、蒼衣は血相を変えて飛び起きた。よりにもよって今日である。

「蒼衣ー、起きなくて大丈夫なの？」

「起きてる！」

起こしに来たらしい夏子の声にかぶせ気味に叫ぶと、蒼衣は部屋を飛び出して浴室に直行した。寝癖を温水で無理矢理直す。頭がさっぱりしてくるにつれ絶望的な気分になってきた。やはり仮病を使って休んでしまうか。今日まで幾度となく頭をよぎった苦肉の策を、今一度本気で検証し直す。

「いよいよ今日ね蒼衣。お母さんたちちゃんと見に行くから！」

「だからいいよ来なくて！　ホントにいい！　マジで来ないで！」

着替えを済ませ食卓につくなり夏子はこの調子だ。蒼衣が口を酸っぱくして来るなと釘《くぎ》を刺しているのに、この通り見に来る気満々である。しかも朝食はカツカレーにカツ丼。試合前の高校球児か。

「固《かて》えこと言うなよ蒼衣ィ。一人息子の晴れ姿なんだぜ。特にお前は部活もやって来なかったから、俺たちこういうの見に行くの初めてなんだよ。行かせてくれや、な？」

上座に座る大吉が言った。お前はさっさと漁に戻りやがれ、と蒼衣は心中で悪態をついた。まさか今期に限って船団が縮小して、大吉に珍しい長期休暇が与えられるなんて、神も仏もない。

ピロン、と机上のスマートフォンが音を立てた。不機嫌な顔でロック画面の下側に飛び出したメッセージアイコンを見ると差出人は涼太だった。

『はよっす！　いよいよデビュー戦だな！　気合い入れてけよ！　最前列で見ててやらぁ（爆笑）』

——どいつもこいつも勝手なことを……。

「それにしても、ウチの蒼衣がまさかイルカショーに出るなんてねえ。ジャンプさせたりするんでしょ、かっこいいじゃなぁい」

「俺の息子だからな、当然だ」

「だーかーら！」

物覚えの悪い両親に堪忍袋の緒が切れた蒼衣は、思い切り声を張り上げた。

「何度も言ってるじゃん！　そういうジャンプさせたりとかはできないの！　俺は今日……MCなの！！！」

本当に、こんな嫌がらせを思いついた海原は聖人の皮を被《かぶ》った悪魔だ。自分で口にしてますます鬱々《うつうつ》とした気分が加速する。

「ふむ。母さん、MCってなんだ」

「あらお父さん。音楽が聴けるやつじゃなかったかしら」

ツッコむ気力も失せて、蒼衣は二千キロカロリーはあろう朝食をかっ込むと半ばヤケクソで家を飛び出したのだった。

＊＊＊

「あ、おはよう蒼衣君。逃げずに来たようだね」

職場に到着し、更衣室に入ると、爽《さわ》やかな笑顔で海原が蒼衣を迎えた。

「同情するぜ。俺も入りたての頃最初にやらされたのはMCだったな。緊張するだろうが割り切ってやることだ」

「はい……」

黒瀬の励ましに蒼衣は涙が出そうになった。黒瀬もやらされたということは、MCは海原流の通過儀礼なのだろう。

「ショーぶち壊しになっても知りませんからね……」

「そんな無責任なこと言うなんて蒼衣君らしくない。君はアルバイトでもボランティアでもなくウチのスタッフだ。ショーの成功はウチの利益に直結しているんだよ。ショーを成功させ続けることは、我々イルカチームの義務と言える」

正論はこんなにも人を傷つけるんだなぁと蒼衣は身を以《もっ》て思い知った。

「プレッシャーをかけるようだけど、君はそれぐらいの方が吹っ切れるんじゃないかと思ってね。大丈夫。本当に無理だと思ったら任せないよ」

三人で更衣室を出る。海原は蒼衣の肩を叩《たた》いて優しく言ってくれた。ほぼ同時に、隣の女子更衣室から出て来た凪が蒼衣の姿に気づいてぺこりと頭を下げた。

「おはようございます潮さん。今日、緊張すると思いますけど頑張ってくださいね。応援してます」

今日という日は応援の言葉をかけてくる者全てが鬼か悪魔に見えたが、天使がここにいた。

「は、はい、頑張ります」

「大丈夫ですよ。あんなに練習したじゃないですか。私たちもフォローしますし、自分を信じてください」

凪は蒼衣の右手を両手で軽く包み込むように握り、笑顔でエールを贈る。

ありがとう、天使ナギエル――蒼衣はかすかに気力を取り戻した。

そうだ。あんなに練習したではないか。本番では持ち込めないが、何十回も書き直したおかげで台本は頭の中に入ってる。

君には夏休みど頭のショーで、MCを担当してもらう。海原にそう言われた日のことを思い出した。

「なんで俺がMCなんですか⁉ ダントツで適性ないじゃないですか！ 俺なんかが進行役しちゃったらショーはお通夜ですよ！」

蒼衣は全力で食ってかかった。MCは普段海原が担っている役である。ショーに出ているイルカたちを正確に見分け、それぞれをコミカルに紹介しながら、巧みな話術で滞りなくショーを進行させていく。

よく通る声と、明るく元気な笑顔は必須《ひっす》。加えて時には軽快なジョークを飛ばし、観客たちに話を振りその反応に合わせたユニークなリアクションをとったり、とにかく総合的なコミュニケーション能力と表現力が求められる。

海原は元小学校教諭だったらしいが、どうりで、と納得した。

蒼衣はまさしくそうした能力が欠如しているために、就活時代ひたすら面接で落とされ続けたのだ。てっきりMCは海原が担当と決まっているのかと思っていたし、まさかデビュー回でそれを任せてくるとは夢にも思っていなかった。

「だからこそだよ」

海原は有無を言わさぬ笑顔でそう言った。

「蒼衣君は、ドルフィントレーナーに必須の潜水能力と、イルカと共鳴する能力を高い水準で持ち合わせている。だが君は自分で言ったように、ショーエンターテイナーとしての能力、つまり観客を楽しませる能力が全く足りてない。このままでは、ショーに出ても練習した技術を披露することに終始するだろう。それではもの足りないんだよ、イルカショーっていうのは」

一ヶ月前の蒼衣なら、聞く耳も持たずにふて腐れ、こんな素晴らしい才能をMC役で潰《つぶ》すなんて海原はなんと上司の器が小さいことか、と憤ったに違いない。

しかし蒼衣は、そう言われて咄嗟《とっさ》に、凪と黒瀬が見せてくれたエキシビション、それからこの一ヶ月ひたすら観察日誌を書かされた、日々のショーの内容を思い出した。

それらには、「ストーリー」があった。ジャンプ、キャッチボール、フリスビー、イルカロケット。一見単発な芸と芸は違和感なく繋《つな》がっていた。

それはMCの海原はもちろん、黒瀬や凪、それにイルカたちの手腕によるものだ。芸と芸の間には、必ず観客の目を意識したイルカ対トレーナー、トレーナー対トレーナー、もしくはトレーナー対観客のやりとりがあった。それは必ずしも言葉とは限らない。

例えばトレーナーの演技力によってイルカが何か喋《しゃべ》っているような錯覚を観客が起こすこともあるし、この間のエキシビションでは、凪の入水までに一連の笑えるやりとりがあった。

もし蒼衣が今の段階でショーに出たなら、習得した芸の一つ一つを「次、次、次」と披露する非常に淡白なショーが出来上がるだろう。これでは芸の質がどれだけ高くとも、ただの発表会である。

「……演技力とか、エンターテイナーとしての能力って、MCだけじゃなくてドルフィントレーナーなら絶対必要ってことですか」

「うん、そういうこと。厳しい言い方になるけど、今の君にはまだトレーナーは任せられないってことさ。MCを経験すればきっと殻が破れるよ。それに……」

「……それに？」

「たまには僕も、喋ってばかりいないでイルカちゃんたちと泳ぎたいじゃない」

それが一番の理由かよ、と蒼衣はうな垂れた。上手《うま》くやったらやったで、「今日から君が海鳴イルカチームの正MCだ！」とか言って押し付けられるのでは、と悪い想像をしてしまう。

海原の話を聞いて、蒼衣は奮い立つどころかこの仕事の適性に疑問を感じるようになってしまった。MC指名を告げられたあの日から、本番当日となった今日まで、蒼衣は悩み続けた。ずっと苦しみ続けた。

もう、分からなくなっていた。

ビビと力を合わせて、観客をあっと言わせる技術を披露し、拍手喝采《かっさい》と賞賛の眼差しをさらう。これが蒼衣の憧《あこが》れた、ドルフィントレーナーの、全てだ。

それでは足りないのだと、海原から知らされてしまった。気の利いたジョークを言ったり道化を演じたり、笑顔で観客に手を振ったり、そういうことを蒼衣は、仮に無事今日が終わっても、MC役ではなくなっても、これから一生強いられる。

そんなの全く柄じゃないし似合わない、というか絶対、やりたくない。できない。スベりでもしたら一生立ち直れないし、もっともっと、他にやりたいことがあるのに。

蒼衣の憧れた世界は、ドルフィントレーナーのほんのわずかな一部分でしかなかった。それを知らされてなお――。

今でも、この仕事が好きだと、胸を張って言えるのか。

蒼衣にはそれが、もう分からなくなってしまっていた。

＊＊＊

天気は生憎《あいにく》の快晴だった。

今日は夏休み最初の土曜日。既に夏休みをスタートさせた子どもたちと、親の休みが合えばどこかへ出かけようかとなるのも自然の流れ。

水族館が爆発的に忙しくなるのは、ちょうど今日からだ。ピークは旅行客がぐんと増えるお盆休みだが、この天候も手伝って、この日の海鳴水族館は蒼衣が目を疑うほどの来客数だった。体感では普段の休日の二倍近い。

今日から休日は閉館時間が八時に延び、ショーの数も七回に増える。当然、非番の日も減っていくだろう。夏は地獄と海原たちに散々脅されたものだが、初日から蒼衣は胃が痛む思いだった。

蒼衣が今日MCを担当する十二時半スタートのショーが、あと五分後に迫っていた。

「すいません、帰ります」

「潮さん⁉」

巨大なイルカプールを中央に据えたショーステージの裏側には、トレーナーの待機する小屋が建てられている。ショーの合間の休憩時間を過ごす場所でもあるが、蒼衣はまさに逃げ出そうと椅子から立ち上がったところを凪に見つかった。

「大丈夫ですよ、今朝のリハーサルは上手でしたよ！　練習通りやれば、何も怖くありませんから。終われば、やってよかったぁって、思えますよ」

凪の言葉さえ、今の蒼衣の耳にはうまく入ってこなかった。蒼衣に聞こえるのはただ、ひたすら外の喧騒《けんそう》だけ。ステージへと伸びる階段の向こう側から、五十の客席を埋め尽くしてなお立ち見まで出ている大観衆の、あと数分後の開始を待つざわめきばかりが蒼衣に届いて胃を刺激する。

彼らは楽しみにしている。心待ちにしている。練習し尽くされ、反省と研究が繰り返され、入場料に見合った感動と興奮の提供が約束された、素晴らしいイルカショーの開始を、今か今かと待ちわびている。

その募りに募らせた期待に応《こた》え、真っ先にステージに登場し、ショーを始めるのは、蒼衣の役目なのだ。海原も黒瀬もやってくれない。どれだけ待っても、うじうじとここで手をこまねいていても、ショーが勝手に始まってくれることはない。

こうして励ましの言葉をかけてくれる凪でさえ、この役を代わってくれることだけは有り得ないのだ。

陸にいるのに息苦しい。もう、蒼衣は出て行かなくてはならない。ショーを始めなければならない。嫌だ。蒼衣は一人きりで、暗い海の底に潜り続けていさえすれば、それで満足だった。ずっとそうだったはずだ。

どうして今、俺は、ここにいる。

「潮さん。緊張するときはあくびをするといいですよ」

「……え？」

その言葉はあまりに予想外で、蒼衣は思わず凪の顔をまじまじと見つめた。日に焼けた夏の妖精《ようせい》のような可憐《かれん》な表情は、にこやかで、冗談を言っているようでもなかった。

「深呼吸とかじゃなくて……？」

「はい。大一番に挑む時ほどあくびをしましょう。そうすれば、ほら……不思議でしょ？ なんだが自分がものすごく、肝の座った大物になったみたい。なんでも楽勝にやれちゃいそうじゃないですか？」

凪がいる手前気が引けたが、手で口を隠しつつ大きなあくびをしてみた。

瞬間、うわ、と蒼衣は目を見開いた。

脳にゆっくり酸素が入ってきて、視界がゆるやかに鮮明になっていく。誘発された僅《わず》かな眠気が、石のように凝り固まっていた全身の力を抜いていく。

さっきまで緊張していた自分が、嘘のように思われた。自分は今、こんな大事な舞台の前に大あくびをするほど余裕をかましている。

「……はは、ホントだ。楽勝かも」

化かされたような気分だった。凪が得意げに笑う。

「緊張しすぎるぐらいなら、いっそナメてかかる方が潮さんらしいですよ」

「え、どういう意味ですか」

「採用試験の最終演技のとき、すごく堂々としてたから。あの時の『どんなもんだ、俺を見ろ！』って感じの潮さんになってもらいたくて」

たまらず羞恥心《しゅうちしん》で、火が出るかと思うほど顔が火照《ほて》った。

「う……あの時の俺に、戻っていいんですか？　だって結果は不合格だったわけだし」

「大丈夫ですよ。今なら、あの舞台の中に脇役はいないって分かってるでしょう。むしろ忘れないでくださいよ。潮さんも主役なんですからね」

彼女はいつだって力になる言葉をくれる。蒼衣の見えていない景色を示してくれる。

その包容力は、まるで海のようだ。

「……イルカに好かれるわけだ」

「え？」

なんでもないですよ、と笑って、蒼衣は凪に背を向けた。時間だ。外の喧騒が高まる。緊張は、当然している。

凪に追いつきたい。彼女と同じ景色を見てみたい。蒼衣の中に新たに芽生えた目標が、一歩目を踏み出す力に変わった。

待機部屋とステージをつなぐ階段。屋外の陽光が充満する出口の向こう側から、熱狂的な歓声が降り注いでくる。その脇にスタンバイしている音響係に片手で合図した。

行きます、のサイン。

頷《うなず》いてBGM発動のスタンバイをしてくれる。背後を振り返ると、お揃《そろ》いのウェットスーツ姿の凪、海原、黒瀬が手を振ってくれた。

蒼衣も今、彼らと同じウェットスーツを身にまとっている。いつも下に着込んでいるが、思えば開館中にこの姿になるのは今日が初めてだ。

全員が主役、か。

不思議な気分になった。なんと言えばいいのだろう。給料をもらって、海鳴水族館のスタッフとして、イルカチームの仲間として、これから蒼衣は、〝仕事〟として舞台に立つ。

その実感が、ようやく湧いたと言えばいいのだろうか。この一ヶ月間、慣れないこと、覚えることばかりで、定職についたという実感がまるでなかった。

階段を上っていく。一段ごとに心臓の鼓動が強く、速くなっていく。それでももう、後ろ向きな気持ちは全ていったん置いてきたから。

階段の終わりを目線の高さが追い抜いた。目が眩《くら》むほどの陽の光をプールサイドが反射して、その場所は蒼衣の人生に覚えがないほど、鮮烈な輝きに満ちていて――呼吸を、忘れた。

客席から溢れかえる観客。深く青い、海のように巨大なプールが目の前に広がっている。その中を泳ぎ回るイルカたちの迫力が、ここから見るとかっこいいでも美しいでもなく、この上なく「頼もしい」と感じるのだと初めて知る。

完璧《かんぺき》なタイミングでオープニングミュージックが流れ始め、前方から割れんばかりの歓声が上がる。微《かす》かな潮の香り。陽光と観衆の熱気。揺れる青い水面と、バンドウイルカ。そうか、と、蒼衣はため息のように納得した。

ここが、俺の職場なんだな。

その実感は、電流のように一瞬で全身に行き渡った。ひどく浮世離れしたこの場所に、蒼衣は仕事として立っている。これからも立ち続ける。

そうだ。

俺はドルフィントレーナーになったんだ。

「――こーんにーちはー！　本日は海鳴水族館にご来館いただきまして、ありがとうございます！　暑い中お待たせいたしました、当館名物イルカショー、開演いたしまーす！」

恐らく今夜ビデオで見返せば鳥肌モノだろう。およそ自分のものとは思えない人懐っこい声と笑顔で、蒼衣はショーを開演させた。

リハーサルでもここまで己を捨てることはできなかった。何が自分を吹っ切れさせたのか蒼衣には分からなかったが、とにかく今だけは、客観的に自分を見てはならない。見てしまえば終わりだ。

手を振る蒼衣に対して沸き起こった拍手と歓声が呼び水となったかのように、水面から一斉に四頭のイルカが飛び出した。客席から轟《とどろ》く雄叫び。高々と打ち上がった海獣の巨体が水面に叩《たた》きつけられ、水しぶきが迸《ほとばし》る。上空にうっすら虹《にじ》が架かった。

イルカが飛び出したタイミングはもちろん偶然なんかではない。イルカは、オープニングのBGMのどのタイミングで飛び出せばいいのか、完璧に覚えている。蒼衣の方がその瞬間に挨拶《あいさつ》を終えるよう調節しているのだ。

ぞくぞく、と快感が肌を撫《な》でる。なんだこれ。蒼衣はただタイミングに気をつけて喋《しゃべ》ることしかしていない。それなのに――。

練習したことがうまくいくって、こんなに気持ちいいのか。

着水したイルカたちに、遅れて登場した海原、黒瀬、凪が魚を与えていく。蒼衣は少し彼女たちから離れるように位置取ると、マイクを強く握りしめた。

「さっそく見事なジャンプを見せてくれました、イルカちゃんたちは今日もとっても元気です！　ここで本日のイルカちゃんたちを紹介させていただきたいと思います、まずはとっても元気な女の子、トトちゃーん！」

むず痒《がゆ》い！

努めて深く考えないようにしながら蒼衣は愉快なお兄さん役を演じる。蒼衣の紹介に合わせて海原がトトにハンドサインを出すと、客席から見て左端にいたトトは水面から勢いよく飛び出した。

ジャンプではない。トトは尾びれを高速で動かし続けることで、水面の上に〝立って〟いた。「テイルウォーク」と呼ばれる技で、イルカの代表的な芸の一つ。その愛らしく、かつ迫力のある姿に大歓声が上がる。

続いてモモ、ララ、ビビを紹介していく。彼女たちも同じように、呼ばれるとテイルウォークでアピールした。イルカたちは紹介される順番通りに並ぶよう訓練されているし、蒼衣が呼ぶのに合わせて凪たちが対応するイルカに合図を出してくれるので、名前を間違えることはない。

そうでなくても、蒼衣はビビ以外のイルカの区別もだんだんとつくようになって来ていた。

滑り出しは順調だった。海原たち三人の表現力のおかげで、蒼衣の拙《つたな》い進行でもショーは滞りなく進んでいく。イルカたちもさすがの安定感だ。

いける。

蒼衣が海原のように面白い喋りができなくても、イルカの芸の完成度で客は十分エキサイトしていた。大丈夫だ。ショーとしてちゃんと成立している。

客席の最前列に見覚えのある一団を見つけた。目が合うなり蒼衣に向かって手を振ってくる。両親と、それから涼太だ。

——ま、マジで来やがった。

心の底から来て欲しくなかった蒼衣は危うく感情を顔に出しそうになる。

だが、思えばあの壊滅的に朝に弱い涼太が、今日は午前七時よりも前に激励（？）のメッセージを送ってくれた。朝は素直に受け取らなかったが、彼もそれだけ気にかけてくれていたということだ。

ブンブン手を振る涼太は楽しそうに笑っていたが、決してバカにするような感じではなかった。柄でもないことをしている自覚はあったが、あんな風に見てくれていると、安心する。両親の表情も全く同じだった。

その後も、滞りなく数々の芸を練習の通りこなしていくイルカたち。計画通りにショーを組み立てていくトレーナー。ショーも終盤に差し掛かる。

気を抜くな。このまま最後まで、ミスなく、凪たちとイルカたちの邪魔をしないように、無難に進行していくだけだ。それでショーは成功する。自分に言い聞かせ続け、その通り、一切気を抜かず蒼衣はここまで進行してきた。

しかし。

本当に、それでいいのか。小さな疑問が、蒼衣の心に波紋を生んだ。

全員が主役なのだと凪は言った。このままではダメだ、と漠然と思った。イルカや凪たちにフォローしてもらい、どうにか不自然でないMCを務めることができた程度では、とても主役とは言えない。

蒼衣は視線を客席からプールに移した。一糸乱れぬ動きで一斉に手を振った三名のトレーナーに連動して、四頭のイルカがその巨体を同時に踊らせる。着水の轟音《ごうおん》。両手を掲げる凪たちに合わせ、再び、今度は時間差で連続して跳ね上がるイルカたち。煌《きら》めく水しぶきを浴びる彼女たちは、輝いている。

それは疎外感に近かった。あの空間に蒼衣はいない。あの輝かしい世界の一員に、蒼衣はなれていない。どんなに声を張り上げても、結局誰も、蒼衣を見ていないのだ。

これでいいのではないか、と思った。客はイルカを見に来ているのだ。蒼衣を見に来ているのではない。イルカが輝きさえすれば、MCなんて目立たなくたっていい。

拍手を促したり、イルカを紹介したり、蒼衣の役目はイルカの引き立て役だ。

実際そう思っていた。ショーが始まる直前までは。けれど凪のあの言葉の意味を考えてしまう。主役でありたい。それは蒼衣の思いでもあった。どうすれば、あの一員になれる――。

ハッと我にかえったときには、ショーが完全に中断していた。

やってしまったと思うにも遅すぎた。頭が一瞬にして真っ白になる。とっくにイルカたちは芸を終え、次に進めなければならないタイミングを大幅に逃していた。ショーがどこまで進んでいて、次に自分は何を言うべきなのか、その全てが頭から消えている。観客の不審そうな目が、一斉に蒼衣一人に集中していく。

「え、えっと」

言葉が力を持たなくなる。もうどうやったってさっきまでの空元気は出せなかった。静まり返る会場に、ＢＧＭだけが流れ続ける。あんなに繰り返し練習したのに、完璧に頭に叩き込んだのに、一度飛んだものは頭のどこを捜しても見つけることができなかった。

消えてしまいたいほどの静寂が、次第にざわめきに変わっていく。何か言わなければ。パニックになればなるほど、頭は働いているようで一つも動いていない。

屈《かが》みこんでしまいそうになったときだった。針のむしろに立たされたような空気を、水の弾ける快音が爽《さわ》やかに切り払った。停止していた時間が動き出したような感覚につられて、蒼衣はプールに目を向ける。

今日一番の高度にその巨軀《きょく》を舞わせるイルカが、蒼衣にはすぐにビビだと分かった。最高点でしなやかに体を捻《ねじ》り、水しぶきを八方に散らしながら滞空するその姿は、花火の如く見る者全てを魅了した。

着水。客席まで水浸しにする規模の水しぶきに、歓声も興奮気味に上ずった。反射的に、ようやく海原たち三人の方を見た蒼衣だったが、彼らの表情も驚きを隠しきれていなかった。今のジャンプは、彼らの指示ではない。

蒼衣は、またしてもビビに助けられた。

水中に戻ったビビは、プールの中を優雅に泳ぎまわりながら、ゆっくり蒼衣の方へ近づいてくる。恐らくこの場にいた全ての人間が、ビビの動きを目で追っていた。ビビはたった一度のジャンプで、人々の目を釘付《くぎづ》けにしたのだ。

ビビが蒼衣の立つプールサイドのすぐそばまで泳いでくると、顔を出し、全身の半分までをも水面から出して蒼衣をまっすぐ見つめた。口を開けて、その小さく平べったい手のようなヒレを左右に動かして、蒼衣を誘っている。

きっと彼女の言葉が分かったのは、蒼衣だけではない。その愛らしい姿から読み取れるものは、誰の目から見ても明らかなほどだった。

「……俺と、泳ぎたいのか？」

耳にかけ、口元に固定したマイクが蒼衣の声を拾い、会場中に届けてしまったが、構わなかった。これはビビが作ってくれたチャンスだ。凪の言葉の意味も、同時に摑《つか》みかけた気がする。

後は上司の了解を得るだけだったが、確認すべく海原たちの方に目を向けた蒼衣は、彼らの表情に背中を押された。

「あらぁ、ビビちゃんの熱烈ラブコールは断れませんね！　お兄さん、MC交代！」

インカムのスイッチを入れた凪のフォローで、お膳立《ぜんだ》ては整った。何から何まで、助けられてばかりだ。蒼衣はせめて精一杯の笑顔を作ると観客に手を振って、駆け寄ってきた凪とハイタッチ。

自分のインカムを外して凪に預けると、蒼衣はビビのすぐ横に飛び込んだ。あれから一ヶ月、蒼衣の磨き上げた飛び込みが会場のため息をさらっていく。ドボン、と水中に入った瞬間に、頭の中に残った泥が綺麗《きれい》に払われた気分だった。

踊るようにして歓喜を表現するビビの頭を撫でる。イルカは人の感情に敏感な生き物だ。蒼衣の焦りや不安の気持ちを察知して、どうにか元気を取り戻させようとしてくれたのかもしれない。

犬は、飼い主が落ち込んでいるとボールを持っていって「投げてくれ」とせがむことがある。それは犬が遊んで欲しいのではなくて、いつもこのボールで遊ぶときの飼い主は楽しそうだった、ということを覚えているからだ。

それに照らし合わせるなら、蒼衣が練習時間にビビと一緒に泳ぐ時、内心とても楽しんでいたことはどうやら筒抜けだったらしい。こいつは泳げば元気になるだろ、とでも思われたようだ。

気まぐれで猫に似ているとたとえられることの多いイルカだが、こういう犬っぽいところもあって――知れば知るほど、イルカという生き物が蒼衣は好きになるのだった。

――ありがとう。

蒼衣がプールの壁を蹴《け》ると同時にビビも仕事モードに入った。今度はちゃんと、ハンドサインで意図を伝える。前みたいに鬼ごっこの延長から強引に合わせてもらうようなことはしない。

あれから何度も練習した。ショーに出られなくても蒼衣がこの仕事を続けてきたのは、夜になればビビと一緒に泳げるからだ。

あの時は自覚できなかった感情に名前がついた今、ビビとの時間が蒼衣の宝になった。一日一日、地道に時を重ねて、インスタントだったあの頃の繋《つな》がりが、大事に大事に育てられていった。

まだたった一ヶ月。それでも蒼衣とビビの間を結ぶ、海に溶ける目には見えない青色の絆《きずな》は、少しずつ太く強固になってきた。蒼衣が魅了されたのは、この感覚だ。ビビと確かに心を通わせた、その瞬間の有無を言わせぬ感覚だ。

水中を魚雷の如く猛進する蒼衣と、追従するビビ。この高速競泳は蒼衣たちにしかできないパフォーマンスだ。観衆の反応は分からないが、手応《ごた》えはビビと共有していた。

気持ちいい。このプールを泳ぐのは初めてだった。練習用の二倍以上の広さがあるここなら、蒼衣もビビも全力で泳げる。これまで全速力で海を泳いだ経験の少なかった蒼衣も、この一ヶ月の鍛錬で速度と耐久力を大幅に磨いた。

八の字を描いたり交錯したり、同時に片手と片ヒレを水面から出して泳いだりと、練習した演技を次々に成功させていく。バリエーションはまだ乏しく、習得したモノはこれでほぼ全て出し尽くしてしまったが、ショーの残り時間からすれば丁度良かった。

あの日初めて二人で泳いだ時は、どちらかと言えばライバルと競うような高揚感だった。けれど今は、練習したことを仲間と成功させたときの快感。チームスポーツと縁のなかった蒼衣には強烈な刺激だった。

ラストスパート。ビビに最後のサインを出す。誰かが指示を出してくれたのか、他のイルカたちが蒼衣とビビを応援するように外周を回っている。緊張感がぐんと高まった。

練習で失敗したのも一度や二度ではない。直前はMCの練習ばかりだった蒼衣。ビビも予定していた別の技の練習に追われていた。お互いぶっつけ本番なのは、あの日と変わらない。

別の技に切り替えるか？　今更そんなことを思った。けれど、成功させたい。ビビに、凪たちに与えられたこのチャンスには、最高の形で応えたい。応えなければならない。

定位置についた蒼衣は上空を見上げた。屋外の水面は一層力強く煌《きら》めき、蒼衣に、ぶち破れと囁《ささや》く。ほんの一瞬、足元を泳ぐビビと〝連結〟したような感覚を蒼衣は覚えた。

ビビの言葉が、青を伝ってはっきりと鮮明に内耳に響く。そう言えばあの日も一瞬だけこんな感覚があった。

――ああ、いつでもこい。

答えた瞬間、ビビはロケットのように真上に急加速。あの日の何倍も力強く蒼衣の足裏に激突する。今なら、あの時ビビがどれだけ力を加減し、飛びやすいようにアシストしてくれていたのか分かる。

信頼関係を得た今、遠慮は無用だ。こちらも恐れはない。高速で水面に突撃していく。前後左右に吹き飛ばそうとする抵抗力を、蒼衣は完璧《かんぺき》なフォームで受け流した。猛烈な勢いで目の前に迫った蒼《あお》い膜をぶち破り、蒼衣の体は夏の大空を舞った。太陽が、雲が摑めそうなほど近い。観客たちの熱狂的な絶叫に包まれた瞬間、無重力を感じながら蒼衣は言葉を失うほどの衝撃に貫かれた。

最高点で着水姿勢に移り、安全な体勢でプールに再び飛び込む。今度こそは、この感動を一刻も早く共有したい相手がいた。周囲を覆う微細な白い泡を押し退《の》けて彼女を探す。ビビは、弾丸の如く蒼衣に向かって飛び込んでくるところだった。

「ビビ！　やったぞ！　お前最高だ！」

水面にお互い顔を出したところで感情が爆発し、蒼衣はビビに満面の笑みで抱きついた。興奮気味にヒレをパタパタ動かしながら、ビビは大きく伸び上がって、体当たりばりの威力で蒼衣にキスをした。

イルカの形容しがたい愛らしさは、こういうところなのだ。悶《もだ》えながらビビと抱き合う蒼衣が、観客の熱い視線に気づいたのは間もなくだった。

「お兄さんとビビちゃんの素敵な絆を、ご覧いただけたでしょうか！　皆さん今一度大きな拍手をお願いします！」

凪の弾《はじ》けるような声に、割れんばかりの拍手喝采《かっさい》。今更のように息を荒くしながら、蒼衣は強く、確信していた。

客はイルカを見に来るのでも、もちろん蒼衣《トレーナー》を見に来るのでもない。人とイルカが心を通わせた、その姿を見に来るのだ。

凪の、全員が主役、という言葉の意味が今なら蒼衣にも分かった。MCも目立たなければとか輝かなければとか、そういうことではなくて、ステージに立った全ての人とイルカが、確かな絆で結ばれていることを、ショーの中で表現しろということだ。

「……ビビ。今日はありがとな。次からはたとえ一緒に泳げなくても、ちゃんとお客さんに伝えられる気がするよ。俺たちが、最強のタッグだってこと」

どっと疲れはてた蒼衣が、へなへな脱力しながらそう言うと、対照的に元気いっぱいなビビは呆《あき》れたように噴気孔を鳴らした。

3

蒼衣は生まれて初めてヘアワックスをつけた。

どうせ海に入ったらぐしゃぐしゃになるのだからと、これまでヘアスタイルに頓《とん》着《ちゃく》したことがなかった蒼衣だったが、急遽《きゅうきょ》めかし込まなければならなくなり、涼太を慌てて呼び出して手ほどきを受けた。

染髪もしたことのない蒼衣の地毛の黒髪は、緩やかなパーマをあてたようにくしゃっとまとまり、ひたいを爽《さわ》やかに出しつつ前髪が自然に流されていた。

「お前、美容師だったのか……」

「なんでだよ。仮にも大学生だったんならこれぐらいできろダイビングバカ」

服装もコーディネートしてもらった。蒼衣の普段の私服は、もっぱら白Tシャツと半パンとサンダルというラフで色気のないものなのだが、午前中涼太が買い物に付き合ってくれた甲斐《かい》あって、今日身にまとっているのは淡い水色のシャツと細身のジョガーパンツ、靴はくるぶしを露出する平べったいシューズ。

姿見に映った姿を自分で見ても、夏らしく洒落《しゃれ》た格好だ。専属スタイリストとして涼太を雇いたいぐらいだと、蒼衣は本気で考えた。

「礼ならいらねえぞ。約束通り等価交換だ。あの女っ気ゼロだった蒼衣がデートに誘われたというそのお相手を、陰からこっそり見させてもらう」

「今更だけど悪趣味極まりないな……見たらすぐ帰れよ」

「分かってるって！」

大きなサングラス、猛暑日の日光に当てられてもはや白に近い金髪、ド派手なアロハシャツ。そんな目立つ姿でこっそり見るだけと言われても不安になるに決まってる。

「ほんとに大丈夫だって！　親友のデートの邪魔はしないっつの。あ、ほら、もう待ち合わせの時間じゃねえのか？」

「だからデートじゃないって……ただの先輩だから……」

言いつつ、腕時計を確認すると確かに待ち合わせ五分前だ。蒼衣たちが今いるのは海鳴駅の南出口にある男子トイレ。待ち合わせ場所は、南出口のすぐそこにある噴水前だ。

「ただの先輩に会うために、お前が髪の毛セットしてくれなんて言い出すわけないだろ！　お兄ちゃんは嬉《うれ》しいぜ蒼衣、お前もとうとう男になったんだな……」

「いつお前の弟になったんだよ、俺行くから、そこでこっそり覗《のぞ》くだけにしてくれよ。ほんとに、マジで」

「あいあーい！　いってら！」

無性に不安だったが、時間だ。蒼衣はもう一度だけ鏡を確認するとトイレから出た。

小走りで噴水前に向かうと、一人、人待ち顔の女性が携帯を見るでもなく佇《たたず》んでいる。ドキンと心臓が跳ねた。

女の子と時間を示し合わせて会うなんて、蒼衣にとって正真正銘初めての経験だった。

嘘だろもう来てる。まだ気づかれていないこの段階、いったいどんな顔をしてどれくらいの速度で駆け寄っていくのが正解なのか。

と、不意に振り返った彼女と目が合った。蒼衣が軋《きし》るような音を立てんばかりに頬を引きつらせたのに対し、彼女はぱあっと向日葵《ひまわり》のような笑顔を咲かせる。

「こんにちは、潮さん」

「す、すいません、待ちました？」

「いえ、私もついさっき。待ち合わせなんて久しぶりだったのでつい家を早く出すぎてしまいました」

大きく広がった白い帽子を風で飛ばないように片手で押さえながら凪が笑う。ロングスカートタイプの紺色ワンピース。白いフリルが縁にあしらわれた、ノースリーブのワンピースだった。彼女にとても似合っていた。凪には、夏がとても似合う。

「そ、それで今日はどこに？」

「急に誘っちゃってごめんなさい。私もあんまり、お店詳しくないんですけど。洋食の美味《おい》しいカフェがあるそうなんです。そこはいかがですか？」

「は、はい、洋食大好きです！」

「よかった。じゃあ行きましょう」

微笑んで蒼衣の手を引く凪。自力で歩き出すとすぐ離してくれたが、蒼衣は心臓が止まるかと思った。低い位置にある彼女の服や髪が揺れるたび、柔軟剤やシャンプーのいい香りが届く。

蒼衣がドギマギしていると、スマホを入れていた右太もものポケットが猛烈に振動した。大量のメッセージ通知である。怪訝《けげん》に思い、凪に気づかれないように少し後ろを歩いて画面を確認すると、三十件以上ものメッセージは全て涼太からだった。

『ふざけんな！』

『先輩ってこないだショーに出てたあの子かよ!!』

『かわれ!!』

『紹介しろ！！！』

『オレたち友達だろ？』

『お願いします』

『紹介してください』

『お兄様』

以下、土下座スタンプの連打。蒼衣は呆《あき》れてスマホを収めた。可愛い彼女のいるやつが、なにを贅沢《ぜいたく》言っているのか。今度はこっちが兄貴かよ。

だが、涼太の言う通り、どうして彼女ほどの美人が自分なんかを食事に誘うのか、蒼衣は皆目見当がついていなかった。

凪から唐突な誘いを受けたのは、一昨日《おととい》の土曜日。蒼衣が初MCを務めたあの日の仕事終わりだ。覚悟していた海原からのお説教が意外にもなく、肩透かし感を覚えなから帰宅しようとした蒼衣に凪が声をかけてきたのだった。

月曜日のお昼、空いてませんか？　よかったらお食事でもどうかと思ったんですが。

同い年の後輩に対して相変わらずのきっちりした言葉遣い。蒼衣は困惑した。ひたすら困惑した。同時に即答で快諾した。月曜は海鳴水族館の休館日で、確実に暇なのだ。

そういう次第で非番の昼下がりに凪と二人、食事に来ているのだった。凪に連れられて入ったのはレトロなカフェ。窓際の席に向かい合って腰掛け、お互い少し悩んでから注文した。

凪が二択で悩んでいたものの内のひとつを、蒼衣が頼んで少し分けてやるという提案を凪は無邪気に喜んだ。

初経験の蒼衣には分かるはずもなかったが、なんとなく、デートの雰囲気だった。

蒼衣のライスグラタンと凪のハンバーグが来るまでの間、蒼衣は手持ち無沙汰《ぶさた》にお冷やを飲み続けた。今は氷だけとなったグラスをそれでも呷《あお》るが、ただ唇が冷えるだけだ。

「あ……あの、潮さん。不躾《ぶしつけ》だとは思うんですが」

凪の方も普段より少し緊張している風だったのだが、そんな彼女が突然蒼衣の目をまっすぐ見て切り出した。海のようなその瞳《ひとみ》に、蒼衣は吸い込まれそうになる。

彼女の表情は真剣そのもの。まるで熱い想いを今まさに告白しようとするかのようだ。ごくりと生唾《なまつば》を飲み込んでどうにか返事をした蒼衣に、凪もたっぷり時間をかけてようやく可憐《かれん》な唇を開いた。

「どうやったら、潮さんみたいにビビと仲良くなれますか」

一切の曇りもないキラキラした瞳で、若干身を乗り出しながら、凪は蒼衣の期待の斜め下を行く質問を浴びせて来た。

「……えっと、汐屋さん？」

「すみませんっ、貴重なお休みを割いていただいてまでこんな話に付き合ってもらっちゃって……でも私、潮さんに憧《あこが》れてるんです！　知りたいんです、どうやったら潮さんとビビみたいな関係を築けるのか！」

仮にも素人で臨時採用の後輩に向かって憧れてるとまで言ってのけた。あり得ない期待をしてしまった自分に恥ずかしくなったが、蒼衣は同時に、凪の真っ直ぐな人間性を眩《まぶ》しく思った。

――生粋のイルカバカだな、この人。

「あの……俺の目には汐屋さんの方がよっぽどイルカに懐かれてるように見えますけど。ビビ以外のイルカはまだ俺の言うこと聞いてくれない時けっこうあるし、ビビとだって、懐かれてると言うよりはなんか、悪友って感じだし」

「それっ！　その関係が羨《うらや》ましいんです！　ビビは大人しいお姉さんだったんですよ！　なのに潮さんと出会ってから、あなたの前でだけあんなにやんちゃに、あんなに生き生きと、そしてあんなに可愛く……ずるいです！」

「ずるいって……？」

確かに、海原が最初、蒼衣にビビを勧めてくれた時も、ビビはみんなのリーダーで、賢く優しい子だと言っていた。そこからイメージできるのは、どちらかと言えば思慮深く気配りのできる、大人しい性格。蒼衣の知るビビとはまるで違う。

「ビビちゃんはもう二十年以上生きてるおばあちゃんですからね。あの子が潮さんと出会ってあんな風に変わったのには、海原さんも黒瀬さんも、本当に驚いてたんですよ」

ビビの年齢を聞いたのは思えば初めてで、同時に不思議な涼しい風が蒼衣の胸を一筋吹き抜けていった。

――二十歳を超えると、イルカはおばあちゃんと呼ばれる年齢になるのか。

「あの……イルカの寿命って」

聞かなければ良かったとすぐに後悔した。凪は一瞬硬直して、それから自然な口調で教えてくれた。

「正確には分かっていない、と言うのが一番いいかもしれません。野生のイルカは非常に広い範囲の海洋を泳ぎ回り移動して行くので、生まれてから亡くなるまで最初から最後まで観察できた例はないんです」

「じゃあ……水族館のイルカは？」

やめておけ。知ってどうするのだ。心の中の自分が大音量で待ったをかけたが、蒼衣は自制できなかった。

「平均的には二十〜三十歳。最高齢では六十年生きたイルカがいたそうです。数年で亡くなってしまうイルカもいます。情けない話ですけど……イルカについて私たちはまだ知らないことだらけなんです」

ラップで口を塞《ふさ》がれたみたいになり、押し黙ってしまった蒼衣を慰めるように凪は柔らかい笑顔を作った。

「大丈夫ですよ。健康チェックも水質・水温管理も徹底して行っています。さっきはああ言いましたが、昔に比べて少しずつ、イルカに最適な食事や水について分かってきていますから。血液等の定期検査の結果から見ても、何より普段の様子を見ても、ビビは健康体ですよ」

「……そうですよね。いや、ビビが元気すぎるぐらい元気なのは分かってるんですけど」

イルカは人間のように調べ尽くされた種ではない。分からないことの方が多い生物だ。その神秘性がイルカの魅力であり、水族館に人々が足を運ぶ理由の一つでもある。

「なんか、想像しちゃったな」

「いつか来る別れのことですか？」

「はい」

ビビの年齢はもう、平均寿命にさしかかっているのだ。ビビに限らず、若いイルカたちも含めて、いつその時がきてもおかしくない。考えもしなかった。当たり前のことなのに、蒼衣は今初めて思い至ったのだった。

ずっと一緒にショーをしていくんだと思っていた。ずっと一緒に働くのだと思っていた。

じわじわと、胃のあたりが重苦しくなる。

「イルカとのお別れは、たぶんこの仕事をしていれば避けられないことです。私も、今のうちからすごく怖い。みんなあんなに可愛くて、いい子で、大好きなのに。考えたくもない……けど覚悟はしておかなきゃって思ってます。その日を一日でも遅らせるためにも、毎日の仕事に手を抜かないようにしないと」

「そうですね。今日汐屋さんと話せてよかった」

本心がするっと滑り出て、直後に頬が熱を帯びた。いいタイミングで料理が運ばれてきたので、どうにか不自然な空気にはならなかった。

「わぁ、美味《おい》しそう。イルカたちみんな元気なのに湿っぽくなっちゃいましたね。食べましょ！」

「そ、そうっすね！」

スープとサラダと、凪の方にはライスもついた、しっかりとしたランチだった。これで五百五十円とは穴場があったものである。

「あ、美味《うま》い」

蒼衣の注文したライスグラタンは、クリーミーでチーズたっぷりでとても蒼衣好みだった。

「ハンバーグもすっごく美味しいですよ。どうぞ」

凪が小皿に切り分けたハンバーグを一切れ載せて差し出してくれた。蒼衣も約束通りライスグラタンを分けてやる。

——ところでライスグラタンとドリアってどう違うんだ？

「潮さん、ライスグラタンとドリアってどう違うんですかね」

「同じこと思ってました！」

思わず大きな声を出すと、凪は可笑《おか》しそうに笑った。仕事ができて若干近寄りがたいイメージだったが、今日でなんだか距離が縮まった気がして、蒼衣は少し浮《うわ》ついた気分になった。

「あの、言いそびれてたんですけど。土曜のショーはすみませんでした。メチャクチャにしちゃって……」

今なら言えると思って、気にしていたことを伝えた。海原も黒瀬も凪も、あの日のことを何も言ってこない。蒼衣の方から謝るべきなのは分かっていても、優しさに甘えてずっと言い出せずにいた。

「なにも謝ることなんかないですよ。本当に。いきなり数十人の前でMCなんて、ほんの数日練習しただけでできるわけないんですから。むしろ、とっても頑張ってたと思います」

凪は、蒼衣が謝ってきたことに対して不思議そうだった。

「いや、でも、セリフ飛ばしてMC代わってもらって、ショーのプラン土壇場で勝手に変えて……迷惑かけまくったなって。現に、日曜日のショーはMCもやらせてもらえなかったし」

実際に挽回《ばんかい》の機会を与えられても完璧《かんぺき》にやれる自信はなかったが、悔しい気持ちはあった。あのショーで気づけた大切なことを、次なら活《い》かせるかもしれないと蒼衣は思ったし、活かしたかった。

「あぁ、それは海原さんの予定通りですよ。潮さんにMCをやらせるのは一回きりって、最初から決めてたみたいです」

「え⁉」

凪は口に手を当てて笑う。

「人が悪いですよね海原さんも。黒瀬さんの時もそうだったらしいですけど。彼に言わせれば、仕事は適材適所だそうです。苦手だったりやりたくないことを無理やりやらせる必要はない。それが得意で好きな人がやればいいだけ。ただ、まったく経験しないのと一度経験するのでは、お互いの仕事への理解も今後の成長も変わってくるって言ってました」

「……それ、俺に言ってくれればいいのに」

「そうですよね。潮さんが自分から海原さんに謝ったとしたら、そう言ってくれたんじゃないかと思います」

「うっ」

手厳しいが正論だ。

「実際、やってみてよかったんじゃないですか？　たぶん、一番大事なことに気づけましたよね。それが分かったから海原さんたちも、きっとなにも言わなかったんですよ」

蒼衣は感服していた。凪は自分とは比較にならないほど広い世界が見えていて、それでいてそれを少しも鼻にかけず、優しいフォローまで忘れない。

プライドの高い蒼衣にとって劣等感は天敵だ。しかし今、これまで覚えがないほど他人との差を自覚したにもかかわらず、いっそ晴れやかな気分ですらあることが不思議に思えた。

「この仕事、好きですか？」

聞こうと思っていたことを凪の方から尋ねられて、蒼衣は不意をつかれた。

「好きです」

その割にあっさりと、勝手に口から滑り出した言葉に、蒼衣は自分で心の底から驚いた。

「よかった」

その心から安堵《あんど》したような笑顔が、蒼衣の胸を激しく揺さぶった。

「わっ！」

凪が小さくそんな悲鳴をあげたのは、蒼衣が彼女を直視できずスマートフォンを開こうとしていたときだった。びっくりして顔を上げると――。

女の子がいた。

小学三年生くらいの少女が、凪に座席の横から抱きついている。大胆なその行動とは裏腹に、唇はチャックを閉めたようにぐっと引き結ばれ、一言も発さない。胸に顔を押しつけるようにして抱きついているのも、よく見れば凪と目を合わせるのが恥ずかしくてそうしているように思えた。

「わぁ、凛《りん》ちゃん！　こんにちは！」

ぱぁっと笑顔を咲かせて凪は少女を少しだけ剝《は》がし、目を合わせて挨拶《あいさつ》した。凛と呼ばれた少女ははにかんで、「こんにちわぁ」と言った。

「……知ってる子なんですか？」

「はい。よくショーを見に来てくれてる子なんです。見かけたことありません？」

「あぁ……はい、見たことあるかも」

正直まったく記憶になかった。そういえば、顔を覚えているお客さんなどほとんどいない。開館中も基本的に空いた時間は逃げるようにイルカと過ごしているし、防水シートを配るときも、常にお客さんの首より下に目線を向けているような気がする。

目を見て話すというのは未《いま》だに蒼衣の苦手なことだった。

「一昨日《おととい》のショーも、見に来てくれてたね。どうだった？」

「ビビが、すごかった」

少女は夢を見ているような顔で、そう言った。なぜか蒼衣の胸がどきんと跳ねた。

普段のショーは観察日誌の記入に必死で、観客の会話を聞く余裕がない。いや、それは言い訳で、きっと聞こうとしていなかった。自分の出ていないショーに対する客の評価など、関心がなかったのかもしれない。初めて、お客さんの生の声を聞いた気がする。

すごかった、と言われたのはビビだ。それなのに自分のことのように嬉《うれ》しい。得意になる。そうだろう、うちのビビはすごいだろう。本当はまだまだあんなもんじゃない。オフのビビにもまた違う可愛さがあって――

「ビビ、いいよな。お前見る目あるよ」

思わず蒼衣は凜にそう話しかけた。口調や態度は我ながら呆《あき》れるものだったが、自分から子どもに話しかけるなんて事態の方が蒼衣にとって驚きだった。ビビの話を、この子としたいと思ったのだ。

凜はまるで今初めて蒼衣の存在に気づいたようにハッと顔をこちらに向けると、くりっとした目を細めて吐き捨てた。

「バーカ」

「んなっ⁉」

一瞬思考が停止するほどのショックを受けた蒼衣だったが、ふつふつと沸き上がった怒りで復活し反撃に転じる。

「バカじゃないです賢いですー！　偏差値七十ありますー！　バカっていう方がバカなんですー！」

「はぁ、子どもね」

「あぁぁぁぁぁぁぁん!?」

なんだこのクソガキ！　凪が吹き出したのが心外だった。

「実さいバカじゃん、ショーのと中でだまっちゃってさ。ビビとお姉ちゃんがいなかったらいまごろクビだよ」

「うっ……！」

そうか、一昨日のショーを見に来ていたということは、あの醜態も完全に見られたということである。蒼衣は完全に撃沈された。

「凛ちゃん、ダメでしょお兄さんにそんなこと言ったら。お兄さんあれが初めてだったんだよ、すごく頑張ってた。うまくいかなかったからって、頑張ったのにバカって言われたら凛ちゃんもいやだよね。それに最後のジャンプ、すごくかっこよかったでしょ」

凪がそんなフォローをしてくれたが、どういうわけか凛はとことん蒼衣が気に入らないらしい。

「ぜんぜんかっこよくない。……ビビはお姉ちゃんのなのに。なんでお姉ちゃんがビビとおよがないの」

「ふふ。そんなこと言われても、ビビは最初から誰かのものじゃないもの。あの子がお兄さんと泳ぎたいって言うんだから、私もちょっぴり、妬《や》いちゃうけどね」

じとっ、と凜に恨みがましい視線を向けられて、蒼衣は頬をかくしかない。どうやらこの子は熱狂的な、ビビと凪のファンらしい。

「あ、こら凜！　こんなところにいたの！」

血相を変えて駆け寄ってきたのは、凜の母親と思《おぼ》しき女性だった。家族で食事に来ていたところらしい。凪の姿を見つけて勝手に会いに来てしまったようだ。

「ほんとにいつもすみません、家でもいつもあなたとビビの話ばかりするんですよ」

「まぁ、そんな。嬉しいです。ありがとう凜ちゃん」

凜は母親の背に隠れて、すっかり大人しくなっていた。「それではまた」と笑って母親が凜の手を引き去っていく。

「……あのさ」

凜がまだ後ろ髪を引かれるように凪の方を振り返っていたので、蒼衣はそう彼女を呼び止めた。ちら、と蔑《さげす》むような目が蒼衣を向く。蒼衣は負けじとそらさず睨《にら》み返した。

「もっともっと練習して、すごいトレーナーになるからさ俺。絶対また見に来いよ。意地でもかっこいいって言わせてやる」

「……お前を見にいくんじゃないし」

こら！　と母親に叱られながら小さくなっていく凜が、角を曲がって見えなくなる直前舌を出した。見送った蒼衣と凪は二人そろって苦笑する。

「可愛い子でしょう?」

「どこがですか」

「ふふ、あの子はビビの大ファンなんです。私も潮さんと同じで、最初のパートナーがビビだったので、彼女にとってはどうも私とビビはセットらしくて」

違う、凛はビビと凪の大ファンなのだ。もしかしたら、そういうお客さんは多いのではないかと蒼衣は思った。海鳴水族館では年間パスポートも販売されているし、固定客というのは蒼衣が意識していなかっただけで、一定数存在する。

イルカショーは海鳴水族館の目玉だ。リピーターなら「誰々を見に来た」という人がいても全く不思議ではない。

水族館は生き物を見に来る場所だとばかり思っていたが、生き物と心を通わせるトレーナーもまた、魅力的に輝いている。蒼衣は今の自分が凪たちのように輝いているとはとても思えなかったが、凛との出会いがなにか意識を変えてくれたような気がしていた。

いつか、「蒼衣さんとビビを見に来た」と言ってくれるお客さんが現れてくれたら。

それを想像すると幸福な気分になった。そんなに素晴らしいことは、たぶん他にない。

「凛ちゃん、去年この街に転校してきたばかりで、学校に馴染めなくて苦労してたみたいなんです。一時期は学校休みがちになって。その時にはじめてショーを見に来てくれて、以来ご家族で通ってくださってるんですよ」

優しい微笑みを浮かべて、凪がそう言った。

「へえ……詳しいですね」

「お客さんとコミュニケーションをとるのも仕事ですから。来場いただくたびに話していたら、随分仲良くなってしまって。えっと……潮さんも、お客さんとのかかわりはもう少し頑張りましょうね」

「は、はい」

そんな心苦しそうな顔で言われたら、どんな恐い説教よりも背筋が伸びる。

「凜は、今は学校に？」

「ええ、誤解されやすい子だから、まだ苦労はしているみたいですけど。ふれあいイベントのときにビビと約束したんですよ。嫌なことから、逃げないって」

海鳴水族館は、ショー以外にも、子どもたちを対象にイルカの餌やりなどのイベントを休日に開催している。凪や家族の前で、凜がビビと約束を交わす光景を蒼衣は容易に想像できた。

イルカは、大勢の人間の中から落ち込んだ人や障害を抱えた人を嗅ぎ分けて、その人にばかり寄っていくということがある。

実際に、イルカに限らず、動物と触れ合うことで精神が浄化される効果は医学的に証明されている。イルカと泳いだ発達障害の子どもがそれまで発することのなかった言葉をしゃべった、車いすの患者が自力で歩いた、などという報告まであり、イルカの力を借りる動物介在療法、イルカセラピーは熱心に研究が進められているところだ。

毎日イルカと共に過ごしている蒼衣は、イルカの持つ不思議な力の存在を確信していた。あれほど社会を斜めに見て、自分勝手な思考に囚われていた自分を変えたのはビビとの出会いだ。こらえ性のない自分が今日までこの仕事を続けてこれているのも、ビビたちイルカが可愛いからに他ならない。

そんな理由で仕事を続けていると過去の自分が知ったら、きっと気味悪がるに違いない。変わってしまった自分が、今の生活が、蒼衣は嫌いではなかった。

その後話題は戻り、凪は再びビビと仲を深める秘訣《ひけつ》を蒼衣に熱心に聞いてきた。既にイルカに懐かれている凪に手ほどきできるようなテクニックなど一つもない蒼衣は弱り切った。

「ほんとになにもないんですって。俺の方こそ教えて欲しいぐらいですよ、どうしたらそんなにイルカたちに慕われるのか」

「潮さんはまだ一ヶ月、対して私は二年目ですよ！！」

今や目標となった彼女に評価されるのは悪い気分ではなかった。

それにしても――素人の自分にここまでストレートに教えを請おうとするなんて清々《すがすが》しいほどプライドのない人だ。

あっちにこっちに話題は盛り上がり、気づけば来店して二時間近くが経過していた。

「そろそろ行かなきゃいけない時間ですね」

「あ、ほんとだ。もうこんな時間なのか」

凪に言われて、時を忘れていたことにようやく気づく。時刻は午後二時半。今日は休館日だが、三時にトレーニング用のイルカプールに集合するよう海原に言われていた。

休館日も当然イルカの世話等、やらなければならない仕事は少なくない。一人か二人の出勤でローテーションを組んでいるが、蒼衣は今のところ臨時採用ということもあり休館日は非番だった。

しかし夏休みシーズンは、三時から七時まで休館日を利用した集中トレーニングをすることになっていた。

「四時間って普段の二倍じゃないっすか。絶対きつい……」

「楽ではないですけど、楽しいですよ。なんていうか、学校がないのに部活だけやりに来てるって感じでワクワクするんです」

「あ、変態だ……」

名残惜しかったが、出なければならない時間が迫っていた。どちらからともなく鞄《かばん》から財布を取り出す。

「はぁ、楽しかった。ご迷惑でなければまた誘ってもいいですか？」

満足げに笑って凪がそんなことを言う。リップサービスだとしても蒼衣は小躍りするほど嬉《うれ》しかった。

「ぜ、ぜひ！　あ、気になってたんですけど、俺に敬語やめませんか？　なんかむず痒《がゆ》くて」

「あ……ごめんなさい、癖なんです。家が厳しかったので、タメ口ってほとんど使ったことなくて違和感が」

なるほど、確かに一つ一つの立ち振る舞いといい、育ちの良さが滲《にじ》み出ている。そういうことなら無理強いはできないか——。

「じゃあ、蒼衣君って呼んでもいいですか？」

油断していたところに強烈なパンチが飛んで来た。

「は、はい、全然！」

「ふふ、よかった。タメ口も、頑張って挑戦してみる……ね？」

自分で言ってみてその違和感が強かったのか、凪は恥ずかしそうに顔を背けて立ち上がった。顔の端がほのかに赤い。

内心悶《もだ》えつつ蒼衣も後を追う。自分が誘ったのだから全額払うと凪が言って聞かず、レジの前で揉《も》めに揉めたが、「次は蒼衣君が払ってくれればいいですから」という凪の「次」という言葉に打ち負かされ、結局ご馳走《ちそう》になってしまった。

海鳴水族館は海鳴駅から徒歩五分圏内。蒼衣は車を職場の駐車場に停めて歩いて来たのだが、凪も同じだった。二人並んで、徒歩で出勤する。

「ごちそうさまでした。次は絶対俺が奢《おご》りますから」

勇気を出してそんなことを言ってみる。後で涼太にデートに使えそうな飯屋を聞いておこうと蒼衣は心に決めた。

「楽しみにしてます。ご飯美味《おい》しかったですね」

「……また敬語になってますけど」

「あ、ごめんなさい！　じゃなくて……ごめん……？」

「合ってますよ」

思わず吹き出す。可愛いことこの上ないが、この調子だといちいち指摘していたら会話にならない。凪の喋《しゃべ》りやすいようにしてもらおう。名前で呼んでもらえただけでも、蒼衣は既に天にも昇る心地だった。

＊＊＊

「あれ？　二人一緒？」

プールに到着するなり、朝から出勤していた海原が目を丸くして迎えてくれた。咄《とっ》嗟《さ》に顔に出た蒼衣の表情を目ざとく見つけて、にんまりと、面白いおもちゃを見つけたように笑う。

「仲良くなったみたいだね。よかったよかった」

「はい、食事を一緒にして来たんです」

凪ちゃんなんで言っちゃうの!?

ギョッと真横を振り向く蒼衣。嬉しそうに海原に報告する凪の顔は、学校であったことを母親に話す無邪気な娘のようだった。同僚の男女がオフィス外で密会《デート》というニュアンスは彼女の中にカケラも存在しないらしい。

「早く自主トレ始めましょうよ……」

「蒼衣君元気出しな。物事の捉《とら》え方は人によって違うものだよ」

海原のフォローが慰めになっていない。

「まあ、時間になったし始めようか。今日からのトレーニング内容だけど、実はイルカたちにいくつか新しい芸を仕込もうと思って。特に、ビビと凪ちゃんにはコンビでの大技を習得してもらいたいんだ」

かくして――。

蒼衣はイルカが芸を習得するまでの一部始終を、初めて目の当たりにすることとなったのだった。

「今回凪ちゃんに挑戦してもらうのは、〝ドルフィンライド〟。知ってるよね？」

当然知らない蒼衣とは対称的に、凪はその名を聞くや否や表情を綻《ほころ》ばせた。

「ドルフィンライド！　いいんですか!?　黒瀬さんもまだやってない技ですよ！」

「あの筋肉ダルマに乗られたらイルカがかわいそうだよ。その点凪ちゃんは細いから問題なし」

「……イルカの上に、人が乗る技なんですか？」

蒼衣の問いに海原が頷《うなず》く。

「でもただ乗るだけじゃない。イルカの体にトレーナーが乗って、波乗りする。イルカロケットに匹敵する最高難度の技だ」

イルカに乗って、波乗り!?

全身がそわそわと疼《うず》くのを、蒼衣は必死で抑えつけた。今回指名されたのは凪で、蒼衣ではない。凪の相手がビビというのがまた歯痒《はがゆ》かった。いくら新人の自覚があってもどうやってみたい。ビビと、それに挑戦してみたい。

しようもない欲求だった。凪もそれを感じ取ってか、気遣わしげに蒼衣を見た。

「蒼衣君、ビビがとられちゃって寂しいのは分かるけど、この忙しいシーズンに芸を仕込む一番の目的はビビのためなんだよ。最近のビビは蒼衣君が気になってショーに集中できていない。この間はいい方向に転んだけど、お互い依存してしまうのはよくないだろ？　蒼衣君にも、別のイルカとコンビを組んで基本的な芸の練習をしてもらうから」

ふて腐れた顔でもしていたのだろうか。海原がなだめるように意図を説明してくれた。確かに、蒼衣もドルフィントレーナーである以上、いつまでもビビ一頭にこだわるのは好ましいことではない。ショーはビビのいないローテーションだって回ってくるのだし、色んなイルカと関わっておかなければと、実は前から思っていたのだった。

「……って、芸の練習をしてもいいんですか？」

ビビ以外のイルカとは、これまで健康管理でしか関わることが許されていなかった。これはどちらかと言えば、蒼衣をイルカという動物に慣れさせるための配慮であった。一頭一頭まったく性格の違うイルカを、いきなり一度に何頭も相手にできない。最悪互いに怪我をしたり、トラウマを植え付けられてしまう可能性さえある。

それらを予防するために、新人はまず一番相性のいいイルカとコンビを組んで、そのイルカの世話を通して色々学んでいく形をとるのだ。

「来週以降を目標に、蒼衣君にも本格的にショーに出てもらいたいと思ってる。とは言えしばらくは水入り禁止だけどね。そろそろ他のイルカたちとも、関わっていってもいい頃合だろう」

「ほんとですか⁉」

思わず柄にもない、弾《はじ》けるような声が出たことに、恥らいを覚える余裕はなかった。とうとうこの日が来た。ショーに出られる。今度はMCではなく、イルカとともに芸を披露するトレーナーとして。ようやく一人前だと認められた気がして、蒼衣は無意識に口角が緩む。

「よかったですね、蒼衣君！」

「あれ。呼び方変わってるね」

喜んでくれた凪のこれまでとは違う蒼衣の呼び方に、耳ざとく反応した海原。すぐさま話題を変えるべく蒼衣はわざとらしく首を左右に動かした。

「あっれー、今日黒瀬さんは⁉」

「今日は休みだよ。彼にもたまにはお休みをあげなきゃね。というわけで、凪ちゃんも大技の調教は初めてだし、僕一人で君たち二人を見ることはできないから、今日はまず凪ちゃんとビビのトレーニングから始めよう。蒼衣君も後学のためによく見ておくといい」

人手不足の現場は大変である。早く海原たちの手を煩わさないレベルになって、彼らの力にならなければと蒼衣は人知れず息巻いたのだった。

着替えと準備体操を済ませた蒼衣と凪は、素早く海原の元へ戻った。プールでは五頭のイルカが悠々と泳いでいたが、その中の一頭が呼ばれるまでもなくこちらに近づいてきた。ビビである。蒼衣がウェットスーツに着替えて来たのを見て、一緒に泳げると勘違いしたらしい。

「ごめんねビビ、今日の相手は蒼衣君じゃなくて私だよ」

「おいビビ、汐屋さんの足引っ張んなよ」

プールの縁ギリギリににじり寄って来たビビの頭を、凪と二人して撫《な》でる。笑って様子を見ていた海原が、ポケットから笛を取り出して首にかけた。蒼衣は、あの笛が何の役割を持つのか知らなかった。

イルカへの号令に使うのかと思いきや、その役割を担っているのはハンドサインなどで、セレクションの最終試験でイルカの注意を向けるために戸部たちが用いていた。ところが蒼衣は、あの日いきなり飛び込んだので使っていないのだった。

「始めようか。凪ちゃん、他のイルカたちに休憩の指示を出して隅に固めたら、ビビだけ呼んできてくれる？」

「わかりました」

ざぶーんと飛び込んだ凪が指示通りに動いている間、海原が蒼衣に解説してくれる。

「これは犬笛《ドッグホイッスル》と言って、その名の通り犬なんかの調教に使うんだけど、イルカにも有効なんだ。イルカたちにとって聞き取りやすく聞き分けやすい高音が鋭く鳴るからね。〝オペラント条件付け〟については前教えたよね？」

頷く。オペラント条件付けとは、報酬と懲罰、いわゆるアメとムチによって、ある行動を自発的にとることを訓練させる、行動形成法の一つだ。イルカのしつけにはこの方法がよく用いられる。芸だけでなく、例えば毎日の健康チェックでイルカたちが行儀よく体温を測らせてくれるのも、オペラント条件付けによって適切な体勢を覚えさせているからである。

「この笛は、簡単に言えば〝褒める〟役割を担っている。正確には笛を鳴らし、その直後に餌を与えることで『笛がなったら餌がもらえる』と覚えさせているんだ。健康チェックのための各姿勢やジャンプなどの芸は、その姿勢やジャンプをおこなったタイミングで笛を吹くのを繰り返していくことで、徐々に『これをするとほめられる』と覚えこませていってる」

「なるほど……ん？　姿勢はまだわかるんですけど、ジャンプってイルカたち勝手にやるものなんですか？」

ジャンプの瞬間に笛を吹こうにも、イルカにジャンプをさせなければ笛は吹けず、一方ジャンプの指示を聞いてくれるようにするには笛を吹き続けてジャンプをすると褒められると覚えさせる必要がある……。

蒼衣はひよこが先か卵が先かの問題にぶつかった。よく考えてみれば、イルカが元々トレーナーの指示なしに実行できる行動でないとオペラント条件付けは成立しないことに思い至る。

「意外かもしれないけど、バンバンするよ。イルカはジャンプが大好きだからね。僕らで言う、歌を歌うとかスポーツをするとか、そういうのに近いのかも。もちろんイルカによって訓練の合う合わないはあるから、あまり頻繁に自分から飛ばないイルカには、ハードルを飛び越えさせて大げさに褒めることから始めて徐々に高さを上げていったり、もう手を替え品を替えだよ」

「へえー」

それでか、と蒼衣が納得したのは、ビビを含めイルカたちが、お腹いっぱい餌を食べた後でも「指示くれ、号令くれ」とせがむように寄ってくることがよくあるのを思い出したからだった。

オペラント条件付けによって確かにイルカたちは、餌欲しさにトレーナーの言うことを聞いてくれるが、イルカの芸は本来、彼女たちが暇つぶしやストレス解消のために行ってきたものが元になっていたようだ。

餌のために仕方なくやっているわけではなく、イルカは芸が好きなのである。

「これから、ビビにはまずプールの縁に沿って停止してもらう。水中で止まっているというのはイルカにとっては不自然なことだから、この笛で褒めて意図を伝えていくしかない。他のイルカに休憩の指示を出したのは、関係ないイルカがこの笛に反応するのを防ぐためだ。蒼衣君は、僕が笛を鳴らすたびにビビに魚をやってくれ」

調餌された魚が大量に入ったバケツを手渡される。

「なるべく笑顔で、ついでに撫でたりしてやってくれ。褒められてる、喜んでくれてるとビビが感じれば犬笛の効果が高まるから」

「分かりました」

イルカはトレーナーの顔色や感情を常に窺《うかが》っている、繊細で敏感な生き物だ。「これをしたら喜んでくれる」とイルカが感じることで、芸の習得が早くなるというのは頷《うなず》ける気がする。

餌を与える際に笑顔と褒めることを徹底していけば、海原の言う通り、犬笛の音そのものに「褒められた」とイルカが感じられる効果がついてくるということだろう。うまくできているが、根気のいる作業だ。

「準備できました」

蒼衣たちの足元に、凪がビビを連れて戻ってきた。海原が頷く。

「ビビを縁に停止させよう。うまく誘導してあげて」

「はい」

すいー、とすり寄ってくるビビと目を合わせ、笑いかけ、凪はゆっくりビビをプールの縁に誘う。それはまるで会話しているような姿だった。言葉ではなく心による、確かな会話。蒼衣にも、時々、イルカがなにを言っているか分かる気がして、下手な裏声でアフレコしてみることがある。はたから見たら頭のおかしい人かもしれないが、表情や動作に、長い時間一緒に過ごしてきた者だけが反応できるようなサインがあったりして、比喩《ひゆ》ではなく、イルカの言葉が分かることがあるのだ。

ビビは凪の意図をくみ取り、プールの壁に体を寄り添わせるようにして停止した。間髪を容《い》れずに海原が犬笛を吹き鳴らす。蒼衣は言われた通り、大げさにビビを褒めてやった。餌を与え、ボディタッチと言葉と笑顔で、ビビに肯定的な感情を伝える。

この繰り返し。ビビがこちらの意図をだんだんくみ取り、指示遂行の精度が着実に高まっていくにつれ、蒼衣たちの感情も昂《たか》ぶり、褒めたり撫でたりのコミュニケーションに熱が入っていく。ビビもそんな蒼衣たちの気持ちに応《こた》えようと、より懸命に、前のめりに蒼衣たちの一挙手一投足に集中するようになる。

この、トレーナーとイルカの気持ちが、確かに一つに繫《つな》がっていく感覚は、病みつきになってしまいそうなほどの快感だった。人間側の勝手な思い込みではないと信じられるような、確かな温かい実感が、ビビとの間にあると蒼衣は感じていた。それは例えば言葉で「愛している」と伝えられるよりも、もっとずっと真実の愛であるような気が蒼衣はするのだった。

ビビは間もなく、合図があればすぐさまプールの縁に沿って静止姿勢を取れるようになった。ここからはいよいよ凪がビビの上に乗る。まずは僅《わず》かに足で体重をかけるところから。乗っても怖がらず、沈まず反発してくるようになったら、今度はプールサイドに手をついて、トントントントン壁伝いに前進してみるところから始めて、徐々に距離を伸ばしていく。

非常に細かく刻まれた階段を、一段一段、根気よくつま先で上っていくような訓練を経て、やがて凪とビビは、ドルフィンライドを完璧《かんぺき》に形にするだろう。

「……俺もすぐ追いつくからな。俺は汐屋さんより重いぞ」

若干のジェラシーを押し殺してビビの背中を叩《たた》くと、ビビは不思議そうに蒼衣を見つめた。

4

それから一週間は、まさしく忙殺される日々だった。

夏休みシーズンで土日の閉館時間が午後八時まで延びたことが、最も負担の増えた理由だった。ショーの回数が倍近くになるだけでなく、当然ショーとショーの間隔が短くなるので余裕が失われていく。

平日も、普段は六時閉館でその後二時間ほどの夜間トレーニングだったのが、芸の習得のため集中的に三時間のトレーニングに変わった。蒼衣の帰宅は十時近くになる。次の朝も六時半起きだ。

蒼衣の肌は首筋をはじめ、鼻の頭や両腕などが強烈な日焼けをして、海水に入ると燃えるように痛んだ。ダイビングで慣れている蒼衣もここまで酷《ひど》い日焼けに悩まされたのは初めてだった。

朝から晩まで照り返しの強いプールサイドに立ちっぱなしの生活。その過酷さは想像を絶するものだった。家に帰るとシャワーを浴びる元気もなく、ベッドに沈み込んで泥のように眠る。

眠りが深くなったせいか、朝は恐ろしいほどスッキリ目がさめるようになった。

この一週間蒼衣は、夜間トレーニングの時間やショーローテーションの隙間を使って、週明けの火曜日からのショー出演を目指して、若くてやんちゃなモモとの芸の練習に身を入れた。

水に入るのを禁止されたのが想像以上に痛かった。ビビの時のように、競泳することで蒼衣に関心を向けさせる手が使えない。トレーナーの水中パフォーマンスがないイルカの芸というと、有名なものはジャンプやテイルウォークなどがあり、全てはトレーナーが出したサインにイルカが従うという単純な仕組みだ。楽勝だろうと蒼衣は高を括《くく》っていたのだが、これが相当に難題であった。

モモが全く言うことを聞いてくれないのである。

初日のトレーニングで、海原の指示を反芻《はんすう》しながら自信なさそうにサインを出した結果、どうもナメられてしまったらしい。新人には珍しいことでもないそうだが、モモの態度は相当蒼衣のプライドを傷つけた。

今すぐ水に飛び込んでやりたいのを堪《こら》えて、努めて毅然《きぜん》と振舞ってみたり少し怒鳴ってみたりしたが、一度ナメられるとなかなか認識を改めてはもらえない。

根気強く接し続けること八日間。練習を始めて丁度一週間後の休館日トレーニングで、ようやく信頼関係が築けた。初めてモモが言うことを聞いてくれたときの感動は忘れられない。思わずプールに飛び込んでモモに抱きついた。

蒼衣の喜びようが嬉《うれ》しかったのか、それからは何度繰り返しても指示を正確に聞き分けて芸を実行してくれた。海原からも「短い期間でよく仕上げたね」と褒められ、予定通り、翌日の火曜日から出番は僅かだが蒼衣のショーの出演が決まった。

一方の凪とビビも――

この一週間の激務をぼんやり回顧していた蒼衣の目の前を、低空を飛翔《ひしょう》するようにして黒い影が横切った。凪《な》いだ水面が爽《さわ》やかに切り裂かれ、波が生まれる。朝の陽光を背に波を乗りこなす凪の精悍《せいかん》な眼差しが、一瞬だけ蒼衣を捉《とら》えて柔らかく細められた。

「すげ……完璧じゃん」

通り過ぎていった凪の背中に思わず見惚《みと》れた蒼衣の口から、ため息まじりに感嘆の声が漏れた。

凪とビビの大技も、昨日の蒼衣とほぼ同じタイミングで満足のいく仕上がりとなった。今日は七月末日の火曜。先々週のＭＣ以来二週間ぶりに蒼衣がショーに出演する日であり、凪とビビの新技を初披露する予定の日だ。

「お互い、どうにか間に合わせることができましたね」

プールから上がってきた凪に手を差し出すと、彼女はその手を取りながら笑顔でそう言った。今日は蒼衣にとっても凪にとっても特別な日なので、早めに出勤して開館前に軽いリハーサルを終わらせたところである。

「いや、俺と汐屋さんじゃ難易度が全然違うでしょ」

「とか言って、蒼衣君はこういうのぶっつけ本番で成功させちゃいそうで怖いですから、しばらくは絶対試したりしないでくださいね」

凪がジトッとした目でそんなことを言う。女性では全国的にも数えるほどしかいないイルカロケットの使い手であるほど運動神経に優れた凪だが、確かにこのライドにはかなり苦労していた。

ビビをショーローテーションから多めに外して日中も練習時間を確保していたとはいえ、たった一週間でモノにしてしまったのだから凪もビビも凄《すさ》まじい。二人が深い絆《きずな》で結ばれたコンビだということは、認めざるを得なかった。

「お、俺たちだって負けてないもんなー、モモ？」

プールサイドに寄ってきて、凪によしよしされているビビを横目に見て面白くない気分になった蒼衣は、新パートナーのモモを餌で釣って撫《な》でくり回した。

もう自分は一流のドルフィントレーナーだ。イルカに贔屓《ひいき》もえり好みもない。そう思いたくても……やっぱり、ビビはどうしても特別なのだった。

蒼衣にオススメを聞かれて、全員可愛いから選べないと即答してみせた海原の境地は、まだまだ遠い。

ミーティングから帰ってきた海原と黒瀬の呼ぶ声が聞こえた。時計を見ると開館時間五分前。三十分後には最初のショーが始まるが、今日は緊張感もほどよかった。

大丈夫、上手《うま》くできる。

「今日はかっこいいとこ見せてくれよ」

蒼衣は海原たちの元へ駆けつける前に、モモとビビの背中をパチンと叩いてそう言った。

＊＊＊

平日ということもあり、客入りはまばらだった。

普段もショーの合間の休憩時間に使用している控え室だが、ここでショーのスタートを待ち構えるのは蒼衣にとって二度目。あの日に比べると胃も痛くないし、緊張感よりも高揚感の方が強かった。

水に入れないとはいえ、練習してきたことを客にぶつける瞬間が迫っているのだ。

蒼衣の隣で凪も同じ表情だった。

「二人とも緊張はしてないみたいだね」

海原がのほほんとした笑顔で蒼衣と凪の顔を交互に見る。黒瀬にいたっては後十分で開始だと言うのにコーヒーを買いに行ってしまった。ベテランの貫禄《かんろく》だ。

「今日は一段とアチぃな。お前ら、ぶっ倒れねぇようにしてくれよ」

背後から野太い声。噂をすれば黒瀬である。凪と二人振り返ろうとしたところに、頬に冷たい感触が走った。

「冷やっ!?」

「ホイ差し入れ」

二人して悲鳴をあげる。頬に当てられたのはキンキンに冷えた缶ジュースだった。ミックスフルーツの果汁百%。

「一口飲んだらそこの冷蔵庫入れとけ。あんま腹を冷やすといけねえからな」

「あ、ありがとうございます。いただきます」

黒瀬は表立って褒めたりとかはあまりしてくれないが、こういう風に分かりづらい表現で労《ねぎら》ってくれることがよくある。凪と目が合い、どちらからともなくつられるように笑った。

「海原さん、なんかあの二人最近仲良くないすか?」

「青春だよねえ」

ゴフッ!? 飲んでいたジュースが気管に入り盛大にむせる蒼衣に、凪が不思議そうに大丈夫ですかと気遣う。

「おっさん臭いっすよ……って、海原さん見えないけどもうそういう歳か。結婚とか考えないんすか」

「嵐君だってアラサーだろ。残念ながら相手がいないよ、この仕事するなら生涯独身も覚悟しとかなきゃ」

「まあ確かに暇も出会いもないっすよねえ。イルカが恋人ってヤツですか」

「違いないね。はっはっは」

「はははは」

背後の会話が蒼衣には全く笑えない。これが自分の未来かと思うと背筋が凍りつく思いがした。二人とも見た目は良いのに、と忍びなく思いながら、蒼衣は缶ジュースを再び呷《あお》る。

「蒼衣君ってお付き合いしてる方いるんですか？」

危うく口の中身を全て噴き出すところだった。

「げっ、げほっげほっ⁉」

「大丈夫ですか⁉」

心配顔をした凪に背中をさすられる。蒼衣はどうにか無事を伝えた。

「い、いないですけど、なんでですか？」

「いや、さっきの二人の話が聞こえてしまったので、蒼衣君はどうなんだろうと思って……」

「いないです！　いたこともないです！」

最悪だ余計なことまで口走った！

「そ、そうなんですか。でも蒼衣君、女性のお客さんから評判いいみたいですよ」

「え、マジですか」

初耳だった。蒼衣がこれまでしたことはあのMCの日を除けば防水シートを配ることぐらいだ。むしろそれを言うなら凪の方だろうと思った。

凪に自覚があるのか多分に怪しいが、彼女の人気は凄まじい。防水シートを回収する際、紹介してくれと客に頼みこまれた経験が何度もあるし、外からショーを見ていると凪の話をする客の声もよく聞こえてくる。

蒼衣は先週カフェで凜という少女に出会ってから、話しかけたりはできないまでもお客さんを意識的に観察するようになっていた。彼らが水族館の、イルカショーのどこに関心を向け、どこでエキサイトし、どこに感動するのか。彼らの表情や会話、反応を見ていると、そういったものがなんとなく摑《つか》めてくるようだった。

そこで改めて感じたのが、イルカたちもさることながら、トレーナーの人気ぶりだ。水族館の客層はやや女性の占める割合が高く、明るく面白い海原と、クールで運動能力の高い黒瀬の二枚看板にはファンとも言える固定客がかなりついている。

しかし、凪の人気は海原たちと比較しても頭抜けている。その美貌《びぼう》ももちろんだが、彼女がイルカに向ける笑顔や眼差しの包容力は、誰よりも雄弁に、イルカへの愛、イルカとの信頼関係を語る。それはもう、蒼衣が参考にしようとか真似しようとかいう次元のものではなかった。凪だけが醸《かも》し出せる光のようなものだ。ショーに出ている彼女の姿を一目見た者はみな、老若男女問わず彼女のファンになってしまう。

「……汐屋さんこそ、その、彼氏とかは？」

弾みで気になっていたことを聞いてしまう。彼女の返答は心底意外なものだった。

「いないですよ。私もいたことないです」

勝手にショックを受ける事態にならなかったことに、蒼衣は人知れずホッとした。

「い、意外ですね、モテそうなのに」

「全然ですよ。小学校からずっと女子校でしたし、ほら、隣町のキリスト教の」

思い当たる学校は一つしかなかった。超のつくお嬢様校ではないか。この間、家が厳しいと言っていたことを思い出す。

「同い年の男の子とお友達になれたの、ずいぶん久しぶりなんです。これからも仲良くしてくださいね」

無垢《むく》な笑顔でぺこりと頭を下げつつ、下から蒼衣の顔を覗《のぞ》き込む凪を見て、蒼衣は一緒に食事に行ったことを海原に嬉《うれ》しそうに報告していた彼女を思い出した。

友達――それは蒼衣の理想とする関係とは近いようで遠いようで、ただ、胸がいっぱいになるほど嬉しいのは確かだった。

「俺も、女友達ってたぶん初めてです。こちらこそよろしくお願いします」

お互いに深々とお辞儀し合っていると、背後から海原と黒瀬の会話が聞こえてきた。

「なんだなんだ、まどろっこしい二人だな。眩《まぶ》しくて直視できんわ」

「若いっていいねえ。僕らも戻りたいもんだ」

「ほんとっすねえ」

緊張感は吹き飛んでしまったが、ショーの始まる時間が迫ってきていた。耳を澄ませるまでもなく、会場の方向から観衆の気配が届いてくる。

「さて、始めようか。凪ちゃん、蒼衣君、ミスしても慌てず笑顔でね」

今日もMCを務める海原がそんな言葉を投げかけて蒼衣たちを追い越すと、ステージへとつながる階段に足をかけた。海原がBGM係のスタッフと視線を合わせると、手元を離れていた緊張感が急激に帰ってきて心臓に絡みついた。

大丈夫。うまくやれる。今日は自分にそう言い聞かせられるだけの余裕がある。海原が軽やかな足取りで階段を駆け上がり始めた。あれはスイッチが入った海原の背中だ。BGMが完璧《かんぺき》なタイミングで流れ出し、景気のいい声を上げながら海原が階段の頂点に消える。蒼衣たちの出番も、間もなくである。

隣の凪に目線を向けたとき、蒼衣は珍しいものを見た。凪の手が、小さく震えているのである。ぎゅっと固く目を閉じ、胸の前に両手を添えて集中している。

あれだけ練習した大技を初披露するのだ。普段より緊張して当然か。蒼衣は勇気を出して彼女の手を取った。

「汐屋さん、あくび」

「え？……あ」

凪が教えてくれたことだ。緊張するときはあくびをするとほぐれると。彼女は決まり悪そうに蒼衣を見上げて笑ってから、「ちょっとあっち、向いててください」と頬を染めた。

蒼衣が向こうを向いてやると、その間にあくびを終えたのだろう。もういいですよ、と腕をつつかれる。

「……ありがとうございます。ずいぶん楽になりました」

「助けられてばかりじゃ、友達って感じじゃないですから」

蒼衣が笑うと、凪は初めて見る目になって蒼衣を見つめた。

「……ふふ、ビビの気持ちがわかった気がします」

「え？」

「なんでもありません。さあ、行きましょう！」

凪にしてはぐいぐいと力強く、蒼衣の背中を押す。蒼衣が振り返ると黒瀬が居心地悪そうに苦笑していた。

「イチャイチャすんのは仕事終わってからにしてくれよ。おし、行くか」

拡声されて届いてくる海原のセリフ内容が、蒼衣たちの飛び出すタイミング直前に来た。三人は笑い合って駆け出し、夏の光に満ちたステージに向かって並んで階段を駆け上がった。

＊＊＊

蒼衣の仕事は、ショーの序盤から中盤にかけて、モモに指示を出し予定した順番とタイミングで芸をさせることだった。凪はビビを、黒瀬は残り二頭を同時に担当する。海原の登場に合わせた四頭同時の大ジャンプが終わり、それぞれが着水したタイミングで蒼衣たちが一斉にステージに飛び出す。笑顔と、観客に手を振るのを忘れずに、激しく泡立ったプールの中からいち早く担当のイルカを見つけなければならない。

蒼衣はモモの姿を見つけると、所定の位置に立って彼女を待った。モモも集合場所と蒼衣の姿の二点を確認して、間違いのないように帰ってくる。そこまでできて、最初のご褒美を与えるのだ。エサをやるのはとにかくスピーディーに。

蒼衣は片手に持ったバケツから取り出した魚を、飛び出したモモの口に放り込んだ。この瞬間は何度やっても肝が冷える。軍手はしているが、万が一手を噛《か》まれたら指をボロボロに食いちぎられる危険もあるのだ。

嬉しそうにサバを頬張る、というよりほぼ丸呑《まるの》みにするモモの姿は愛らしいが、野生のイルカは集団でホオジロザメを襲って殺すことさえあるほど凶暴な一面を持つという。信頼はしても、油断はしてはいけない。

「元気よく飛び出して来ましたお兄さんお姉さんたち、今日はうちのスタッフ総集合でーす！　ご覧の通り、イルカチームは美男美女の精鋭でやらせてもらってます。はいあの、笑うとこじゃないですよ」

美男のところで胸を張った海原に対して笑いが起こり、海原が突っ込んでさらにどっと観衆がわいた。やはり海原は場慣れしている。自分のMCと比較して蒼衣は叫びだしたくなった。

「冗談はさておき、右端のイケてるお兄さん、あそこに立つのは今日が初めてなんですねぇ。いいですね、初々しい！　私にもあんな時代がありましたねぇ。皆さんどうか、今日だけは小さなミスも笑って許してあげてください」

リハーサル通り蒼衣に話が飛んでくる。観客の目が自分一人に集中していく感覚はうっと喉《のど》が詰まるようだったが、どうにか笑顔で手を振りお辞儀をすると、年輩の女性たちから一斉に黄色い声援が贈られた。

——凪ちゃんの言ってた評判いい相手って、おばちゃんかよ……。

「それでは早速参りましょう！　まずは本日初陣のお兄さんと、その相棒モモちゃんから景気付けに一発お願いします！」

蒼衣が手のひらを下に向けて腕を差し出すと、モモは勢いよく水面から半身を出した。手のひらにモモの口吻《こうふん》が触れる。同時にハンドサインで指示を出す。

全ては練習通りだった。モモはぐんっと上体を下に傾けて十分な深度をとると、水面を突き破ってその体を大空に舞わせた。その高さは実に六メートル。最もシンプルな、毎日何十回も目にしているただのジャンプ。それでも目の当たりにするたびに、蒼衣の全身の血は否応《いやおう》なしに躍った。

大歓声をその身に浴びて、モモが盛大に着水した。彼女の喜びが水しぶきとともに蒼衣に浴びせかかるようだった。得意げに帰還したモモにご褒美のエサを与える時、蒼衣の表情は自然に笑顔だった。ひとまずホッと安堵《あんど》しつつ、よくやった、とモモの頭を撫《な》でる。

「お見事！　バッチリ決めてきました、さすがお兄さん！」

海原が観衆を盛り上げる中、モモが帰ってくると同時に凪と黒瀬がイルカをスタートさせていた。負けじと飛び上がった三頭の連続ジャンプに、不意を突かれた観衆が熱狂する。

蒼衣が加わったことで、演者の数が増えショーの質が上がっている。蒼衣はその事実に興奮した。

このプールは蒼衣が加わってもまだ広すぎるほどのスペースがある。療養中のスタッフが戻って来れば、もっともっとエキサイティングなショーを作れるだろう。先のことを考えただけで胸が高鳴る。

イルカの数も増やしたい。全国の水族館を回って、色んなショーを見て勉強したい。今はまだ、海原の用意した脚本に従うだけだが、ゆくゆくは自分もショーのデザインに携わってみたい。シロイルカやゴンドウ、他の種類のイルカが入ってくればもっと面白くなる。

そして、やっぱりビビと、もっともっと難しくてやり甲斐《がい》のある技をマスターして、このはち切れんばかりの観客たちに見せつけたい。

ショーを進めながら、蒼衣の頭の中は次から次へと湧いてくる希望的なインスピレーションで溢《あふ》れていった。仕事が楽しくなってくる瞬間――それが人それぞれあるのだとしたら、蒼衣にとってそれは今だった。

蒼衣の投げたフリスビーは水面と平行に、美しく直線の軌跡を描いた。その真下をぴったり背面で泳ぐモモが、獲物を捕らえる肉食獣のように飛び上がってフリスビーを見事にキャッチ。蒼衣も思わず小さくガッツポーズをする。

これで蒼衣の行う演技は、全て終了した。観客から惜しみない拍手が送られる。やりきった表情で、モモと観客に手を振った。不思議なことに、水に入らないでいた方が息が上がる気がした。

「時間が経つのは早いもので、あっという間にショーも終わりの時間が近づいて参りました。最後はなんと、本日初披露の新技を、ベテランイルカのビビちゃんと紅一点のお姉さんに見せてもらいます！」

観衆の盛り上がりは最高潮。蒼衣と黒瀬が一歩下がって、今日のエースにスペースを譲った。凪は緊張を感じさせない可憐《かれん》な笑顔で前に進み出るとお辞儀をし、ビビも伸び上がって観衆にアピールする。

「本日挑戦するのはドルフィンライド、またの名をイルカサーフィン！　長い説明は不要ですね。二人で息を合わせて、いってもらいましょう！」

海原の号令に頷《うなず》き、凪はその場でプールサイドに尻《しり》をつけた。足を水面すれすれに浮かせて両手を尻の横に。一方のビビは水中を旋回して凪の足元にすり寄り、ピタリと、器用にそこに停止した。

ウェットスーツに絞られた、凪の小さな足裏が、片方はビビの前頭部、もう片方は背ビレの前に乗せられる。イルカの形状的に、膨らんだ頭部の前に片足を乗せて半ば押してもらうように進むのが、最も安定して乗りやすいのだ。

止まっている状態のイルカに乗っても、たとえるなら浮かんだ丸太の上に乗るように、数秒と堪《こら》えられずバランスを崩し落水してしまう。走り出して初めて安定する二輪車と同じで、凪が完全に体重を乗せるのとビビが停止状態からスタートするタイミングが、少しでもずれるとライドは成立しない。

凪には言うまでもなく、ビビとの深い連携が求められる。泳ぎ出してからの派手な波乗りよりも、実はスタートの瞬間が最初で最大の難関。訓練開始からわずか一週間ということもあり、練習でも一発目から完璧《かんぺき》にスタートが決まるというのはまだほとんどなかった。海原の手腕をもってしても、仕切り直せる回数は限られている。

しん、と静まり返る会場。BGMの音量も絞られ、痛いほどの静寂が凪の小さな背中にのしかかる。その場にいるだけで、胃がキリキリと痛むような空間だ。蒼衣は拳《こぶし》を固めて祈った。

どうか、成功しますように。

集中状態に入った凪の、細められた眼差しに、蒼衣の体が縫い止められる。普段の笑顔をおさめて鋭くビビと目を合わせる彼女の横顔は、途方もなく美しかった。

心音が高まる。視界いっぱいを埋める観衆の息が詰まり、募る期待感が無音で飽和する。凪が微《かす》かに頷く。ビビの目が呼応するように光って見えた。時が止まったかのような刹那《せつな》、二人の呼吸がシンクロする。

果たして。今日一番の大歓声が真夏の大気を震わせた。水面を力強く切り裂くビビの上で、両足をピンと伸ばして立ち上がり、満面の笑みで客席に手を振る凪。そんな不安定な体勢でも、下半身でバランスをとり、紙一重の安定性を保っている。

ビビもまた、細身とはいえ人間が一人乗っているとは思えない力強い泳ぎで、沈むことなく凪を支える。普段と逆で、今はビビが縁の下の力持ちのような役回りだが、観衆の拍手喝采《かっさい》は、いつも通り、凪とビビ、両者の絆《きずな》に対して平等に注がれていた。

蒼衣は声を失うほどの感動を覚えながらも、観客に向けて精一杯手を振っていた。誇らしい気分でたまらなかった。これこそイルカショーのあるべき姿だ。凪とビビ。彼女たちと同じステージに立てることを、蒼衣は今、心から――

「……ビビ？」

遅効性の毒を飲んだように緩やかに、異変に気付いた。

広大なプールを、一定のスピードで円を描くように泳いでいたビビの速度が、徐々に、しかし確実に速くなっていく。ジグザグに、デタラメに、まるで錯乱したように進路を無茶苦茶に変更し続けながら加速していく。

必死にバランスを取り続けていた凪も、ついになす術《すべ》なく振り落とされた。

ビビの悲鳴が聞こえるようだった。頭痛と戦うような、聞いているだけで苦しくなる声。滅茶苦茶にプールを掻《か》き回す彼女の姿は、無鉄砲な魚雷に見えた。

不審げにざわめきだした観客を海原が落ち着かせる間にも、ビビはますます苦しそうに暴れる。

「ビビ！」

蒼衣の悲鳴が会場中を駆け抜ける。客の存在など完全に忘れて、蒼衣は気がつけば水に飛び込んでいた。

こんな怖い青色は初めてだ。水が黒く、暗く、淀《よど》んで見える。

高速で泳ぎ回るビビによって荒れ狂った水中で目を凝らし、必死にビビを探す蒼衣。その目と鼻の先を、弾丸の如く黒い塊が掠《かす》めていった。ビビだ。蒼衣の姿にもまるで気づかない。

壁に体のあちこちを擦りながら暴れ回るビビの姿は痛々しく、恐怖さえ覚えた。本能のまま、蒼衣はプールの一点を目指し全速力で水を蹴《け》る。ビビがそこに飛び込んで来る気がしたのだ。

果たしてその通りになった。プール全域を無軌道に暴れ狂っていたビビが、向こうから蒼衣めがけて突進して来る。ビビの心は泣いていた。恐怖に怯《おび》えて泣いていた。採血の注射針にも動じないあのビビが、これほど取り乱す姿なんて見たことがない。

ビビ、俺だ！　止まれ！

両手を目一杯広げて蒼衣はビビの行く手に立ちふさがった。彼女とは、顔を突き合わせるだけで意思の疎通ができた。二人の間にだけ成立する青く透明な伝達回路が瞬く間に走って、蒼衣とビビは通じ合えた。

それなのに。もう、ビビの言葉が聞こえない。蒼衣の声も、きっと届いていない。蒼衣が真正面にいるのに、ビビはほんの少しも速度を緩めないのだ。慟哭《どうこく》しながら肉薄する黒い塊は、もう蒼衣にとって凶器でしかなかった。

お前、俺が…………見えないのか……？

呆然《ぼうぜん》と水中に突っ立った蒼衣の真横スレスレを大砲のように通り過ぎたビビは、その勢いのまま、プールサイドの壁に轟音《ごうおん》を上げて激突した。会場を文字通り震撼《しんかん》させて、憑《つ》き物が落ちたように大人しくなった。

時間をかけて振り返り、ビビがゆっくり海水の底に沈んでいくのを目の当たりにした蒼衣の意識も、ビビと同じように、ずるりと海底へ引きずりこまれた。

最終章　Blind Blue

1

蒼衣はその日の深夜、病院のベッドで目を覚ました。傍には心配顔の両親がいた。

夏子によれば、溺《おぼ》れる前に何か強烈なショックで意識を失ったことが幸いして、あまり水を飲まずに済んだらしい。体の異常と言えば鼻の奥が塩辛いぐらいで、すぐに退院の手続きを取って自宅に帰ることができた。

凪が消灯時間の直前まで傍についていてくれたことも両親から聞いた。しかし、ショーのこと、ビビのこと。蒼衣が一刻も早く欲しい答えは、どれも両親からは得られなかった。

海原から、しばらく休みなさいと大吉経由で伝えられてはいたが、家でじっとしていられるはずもなく、翌日蒼衣は朝一番で職場に向かった。

普段より早くついたにもかかわらず、既に三人全員が出勤してプールサイドに難しい顔を突き合わせて立っていた。蒼衣の姿を認めるなり全員顔色を変える。

「蒼衣！　体は大丈夫なのか！」

蒼衣が問題ないことを伝えると、三人とも心から安堵《あんど》した顔になる。ひどく心配をかけてしまっていたようだ。やはり顔を見せにきて良かったと、蒼衣の表情もわずかにやわらいだ。

「本当に悪かった。あの時一番に飛び込まなきゃいけなかったのは俺だったのに……」

「いえ、溺れた俺が悪いです。それより……ビビは？」

最も気になっていたことを、蒼衣はようやく聞けた。途端に三人の顔が露骨に曇ったのを見て、最悪の想像に支配される。蒼衣は壁のように立ちはだかる三人を押しのけてプールサイドに張り付いた。
一、二、三、四……一頭足りない。どれだけ目を凝らしてもプールを泳ぐイルカの数は四頭だった。
ビビがいない。全身の血が凍結した。

「ビビは、あそこです」

凪の苦しげな声が示した先には、プールの横、普段はなにもない場所に、細長く背の低いケージが立っていた。蒼衣は我を忘れてそこに駆けつけた。

その中にビビはいた。しかしそれは、蒼衣の知るビビの姿とは、かけ離れていた。

身動きもほとんど許されない、棺桶《かんおけ》のようなケージの中に、うつ伏せに横たわる体。

目ギリギリの高さまで張られた海水がビビの半身を浸している。ケージ内の水をエアポンプで底からくみ上げ、上部のシャワーヘッドからむき出しのビビの背中に、雨のように水が降っていた。泡立つ水面の下、厳重に折り重ねられた毛布が底に敷かれているのが見える。

水に浸からない頭部や顔には、べったりワセリンが塗られていた。かつては丸く、すべすべしていた灰色の頭は軟膏《なんこう》で見る影もなく白濁し、べたべたした光沢を貼りつけて、蒼衣を責めたてる。なにかを塗りつぶそうとしたかのように、必要以上に塗り込まれたワセリンの下には、凄惨《せいさん》な傷が走っていた。

蒼衣が何度も撫《な》でてきた、ビビの可愛い頭だ。すとん、と腰が抜けて蒼衣はその場に膝《ひざ》をついた。その分近づく距離。のっそり顔をもたげたビビと、目が合う。

締め上げられるような緊張を感じた蒼衣とは正反対に、ビビは、あまりにもいつも通りに、きゅうと鳴いて蒼衣を見上げた。

へなへなと、今度こそ全身が脱力する。生きていた。無事でいた。変わらず元気でいてくれた。安堵のあまり気が遠くなりかけて、はぁっ、と長く深い息を吐きようや

く目を閉じようとしたとき、

「無事じゃないよ」

背後から諭すような声が蒼衣を刺した。海原だった。黒瀬が止めに入ろうとするが、海原は有無を言わさぬ態度で蒼衣のすぐ傍まで歩み寄る。

「昨日のCT検査で、ビビのメロン器官に重大な損傷が確認された」

平坦《へいたん》な声の裏で、ぎり、と音が出るほど歯を食いしばって、海原が蒼衣にそう告げる。

メロン器官の損傷——それの意味することが、ドルフィントレーナーとなった蒼衣には分かってしまった。

イルカの視力は、水中では一メートル以内の範囲しか見通せない。濁った海水を泳ぐ上で視力に頼る必要性が薄く、退化したものと考えられている。

その代わりに発達したのが聴力だ。イルカは超音波を発し、その跳ね返りを下顎骨《かがくこつ》でキャッチして障害物の位置を確認している。狩りやイルカ同士のコミュニケーションにも広く用いられる他、人の心を解する能力とも深い関係性があるとされるその能力は「エコロケーション」と呼ばれ、イルカをイルカたらしめている最大の特徴と言っていい。

噴気孔内で作り出した超音波を、一点に集中する器官がメロンだ。イルカの前頭部にある。蒼衣は喘《あえ》ぐように悲鳴を漏らした。

「まさか、ぶつけた衝撃で……」

「メロンの損傷は、内部からなにかに蝕《むしば》まれたようにも見えた。ビビの様子がおかしくなったのは頭をぶつける前だ。今となってはどちらなのか断定できないが、これは外傷ではなく病気が原因の可能性も高いと、獣医は推定していたよ」

「やっぱり……やっぱり私のせいです……」

凪が、顔を蒼白にしてそんなことを呟いた。

「おい、まだそんなこと言ってんのか。いい加減にしろよ。メロンはトレーナーが一番気を遣う器官だ。今回のライドもお前は細心の注意を払ってた」

「だって……私はあそこに足を乗せてたんですよ……！　あそこに体重を預けて、ビビが押してくれて……」

「だからぁ、お前が乗っておかしくなるようなら全国でとっくに前例がごまんと出てるって！」

珍しく取り乱す凪を、不器用な黒瀬が怒鳴るように慰めている間、蒼衣はのろのろと時間をかけて現状を把握しようとした。

足場が陥落したように、蒼衣はよろめいた。

メロン器官が機能しない。それが意味するのは、そのイルカはもうエコロケーションでなんの情報も得られないということ。ましてやビビは高齢だ。若いイルカに比べてさらに視力が劣る。

それは、もう、盲目に等しい。

「ビビは、もう……泳げないってことですか……？」

海原は答えなかった。代わりに黒瀬が慎重に口を開いた。

「見ての通り、陸に上げておけば落ち着いたもんだ。陸なら視力は二・五メートル以上で安定する。俺たちで言う遠視ってやつだよ。まあ、だから……」

記憶にないほど優しい口調の黒瀬が、蒼衣にはふざけているようにしか思えなかった。

イルカの皮膚は空気に長時間触れると低温やけどを起こす。そこからばい菌が入って感染症になる。感染症は、イルカの死因の大部分を占める、トレーナーなら一番に忌避しなければならない脅威だ。それを分かっているからビビに今、黒瀬たちはこんな痛々しい処置を施しているのではないのか。この処置もそう長く続けられるものじゃない。あまつさえイルカの肺は、陸に居続けると自重に耐え切れず、徐々に潰《つぶ》れて機能を失っていく。イルカを陸に上げ続けておくことは、まったく現実的な話ではないのだ。

かと言って水に入れれば、ビビの視野は極端に狭まり、また昨日のようにパニックを起こしてしまうだろう。

ビビが苦痛を覚えずに過ごせる場所は、もうどこにも存在しない。

考えれば考えるほど希望を奪われていく。意識に、暗い蓋《ふた》がされたようだった。

縋《すが》るように目を向けた先のビビが、視線に気づいて蒼衣を見上げた。その頭に走る恐ろしい傷は、激突の衝撃を雄弁に物語っている。

きゅう？と不思議そうに鳴く。何でそんな怖い顔をしているんだと、そう無垢《むく》に尋ねるように。もう蒼衣は、いてもたってもいられなくなった。

「あ、おい！」

黒瀬の制止の声を振り払って踵《きびす》を返すと、蒼衣は一目散に更衣室に飛び込んだ。乱暴にロッカーを開けてウェットスーツを引《ひ》っ摑《つか》むと、素早く袖《そで》を通しにかかる。

海鳴のドルフィントレーナーになってから今日まで、ビビを目で追わなかった日はない。

ビビとタッグを組んでショーに出演し、最高のパフォーマンスで観衆の拍手喝采《かっさい》を攫《さら》う。その瞬間を毎日思い描いていた。MCを任されても、モモとタッグを組んでからも、蒼衣の目はずっと、気がつけばビビを追っていた。

それなのに。なぜビビの異変に気づけなかったのか。

生まれて初めて、心から、蒼衣は自分自身を憎んだ。血の味がするほど唇を嚙《か》む。

ウェットスーツの装着を終えるのももどかしく、ファスナーも閉めかけのまま更衣室を飛び出した。

「蒼衣君、何を……！」

蒼衣は海原も無視して、ビビのケージに飛びつく。鋼鉄製の冷たい檻。こんなところに閉じ込められて、かわいそうに。

今出してやるからな。

「何考えてるんだ！　やめなさい！」

珍しい海原の怒鳴り声も、蒼衣の耳には響かなかった。金具を外して解錠すると怒鳴り返す。

「このままずっと陸に置き続けるつもりですか⁉　見ててください、昨日はいきなりのことでパニックになっただけですから！」

開け放たれたケージの扉から、中を満たしていた海水が一気に流出し、蒼衣の足元を冷やした。凪が悲鳴をあげる。無茶苦茶なことをしている自覚が、今ようやくわずかに湧いてきたが、そんなの知ったことではなかった。

解放されたビビは、揺れる水面めがけて腹ばいに進んでいった。その様子に蒼衣の迷いは完全に消えた。海原と黒瀬を押しのけるように入水したビビに続いて、蒼衣も飛び込んだ。

飛び込む体勢が悪かったのか、畳に打ち付けられたような衝撃に全身を張られる。プールの水が異様に冷たく感じられた。ウォームアップがまだだったからだろうか。それになんだか、暗いし、怖い。

ビビは蒼衣のすぐ隣にいた。彼女がまた水中にいるその姿を目にして、ほっとする。思った通りだ。視野が数十センチと言えど、全く見えていないわけではない。自分がついていれば、きっと落ち着いてくれると——。

蒼衣の思いを無情にも跳ね飛ばすように、数秒と待たずビビに異変が起きた。

それはまるで、蜂の大群に襲われているような姿だった。ヒレを、全身を滅茶苦茶に動かして暴れ回る海獣。押さえつける間もなく、蒼衣はいとも簡単に弾《はじ》き飛ばされた。

焦燥を抑え、蒼衣は再び接近を試みた。しかし蒼衣が体に触れても、必死でビビの目に映り込もうとしても、ビビはパニックでそれどころではなかった。

蒼衣を再び吹き飛ばすと、ビビは力任せに泳ぎ始めた。あっという間に、ビビの姿が暗いプールの向こうに消える。

慌てて懸命に後を追う。かつて二人で一緒に競争したプール。あの日と違い、今は蒼衣がビビの後を追っている。

ビビの苦しそうな叫びだけが、蒼衣の内耳を揺らす。蒼衣の叫びはそれにかき消され、届かない。更に速度を増すビビが、前方の壁に向かって猛進するのを見て身も凍るような恐怖を覚えた。

エコロケーションが使えない今、ビビに壁との距離を測る術《すべ》はない。色の認識力も人より大幅に弱いイルカの目では、激突の寸前まで壁を認識することすらできない。

蒼衣は悪態を吐いて水を蹴飛《けと》ばした。一直線の加速。ジグザグに暴れながら壁に突進するビビの前に、間一髪腕を割り込ませる。

次の瞬間、さし挟んだ左腕に体感したことのない激痛が走った。

熱く痺《しび》れるような痛みが左手首を駆け巡る。水中では悲鳴も泡となって滞り、蒼衣はたまらず水面に顔を出した。

「蒼衣君！」

「蒼衣！」

血相を変えて駆けつけた凪と黒瀬が、力を合わせて右腕を掴み引き上げてくれた。

じんじんと疼《うず》く左手首がみるみる腫《は》れていく。凪が膝《ひざ》をついて慎重に診察してくれたが、少し動かすたびに激痛が走った。

「骨に異常はなさそうですけど……内出血が酷《ひど》いです。すぐ病院に」

「骨ヤらなかっただけマシだろう。関節が柔らかいからだろうな」

激しい痛みと無力感、苛立ちが、無数の虫のように体内を這《は》い回る。歯軋《はぎし》りする蒼衣の耳に、プールの水が排水口に吸い込まれていく微《かす》かな音が届いた。

プールを挟んだ向こう側で、海原がプールの水を抜く操作をおこなっていた。ビビが溺《おぼ》れる、もしくはまた壁に激突するのを防ぐためだろう。

一度抜いた水を再び張るのには、かなりの時間とコストがかかる。ビビを少しでも落ち着けるためか、普段ショーで使っているBGMを海原が流し始めた。水中のスピーカーから、ビビにもよく聴こえるはずだ。

——何やってんだ。

ビビを再び危険に晒《さら》した上に自分まで怪我をして、結果全員の手を煩わせた。ビビが暴れたことも、突然水を抜かれることも、他の四頭のイルカたちにとって大きなストレスになっただろう。

「蒼衣君、今日は帰りなさい」

険しい表情で歩いてきた海原がそれだけ言った。冗談じゃない。迷惑だけかけたまま帰るわけにいかない。痛む手に視線を落としたまま、蒼衣は首を横に振った。

「仕事の邪魔だから帰れと言ってるんだ」

聞いたことのないほど威圧的な声に、蒼衣の肩は小さく跳ねた。視界が熱を帯びて明滅する。屈辱で顔から火が出そうだった。

「怪我が治るまで出勤しなくていい。ビビの今後についてはイルカチームだけじゃなく、館長や他の部署同席の会議を重ねて話し合っていく。進展したら連絡するよ」

そのどこか他人行儀な言葉に、裏切られた気持ちがした。反駁《はんばく》の声は震えた。

「……俺だって、イルカチームだ。ビビのトレーナーだ。海鳴のドルフィントレーナーだ！　俺のいないとこで、勝手に決めないでくださいよ！」

「イルカたちを身勝手な理由で危険に晒した奴に、ドルフィントレーナーを名乗る資格はない！」

初めて海原に怒鳴られて、それまで猛烈に煮え滾《たぎ》っていた頭の芯《しん》がすうっと冷めた。

「……ごめん、今のは少し……」

海原の二の句を待たず、蒼衣は凪と黒瀬の支えを振り切って静かに立ち上がった。

二人が蒼衣の名を呼ぶにも構わず、視線を床に落としたまま海原の横をすり抜け、幽霊のような足取りでプールサイドを去った。

更衣室に入り、扉を閉めた途端、凍結した感情が再沸騰を始めた。全身の細胞が、逆向きに撫《な》でられるような不快感。

絶叫し、目の前のロッカーを力任せに殴りつけると、更衣室中に虚《むな》しい音が反響した。

＊＊＊

家に早く着きすぎないために行った病院では、凪がしてくれたのと似たような診断が下された。数日は絶対安静、快復には一週間以上かかるとのことだった。

無感動に医者の診察結果を聞いた蒼衣は、会計を済ませ、目的もなく車を走らせた。まだ昼前で、家に帰るには早すぎる。両親に怪しまれないために時間をつぶす必要があった。

「……で、散々走り回って公園とはね」

ベンチに座り込み、憎らしいほど晴れた空を見上げながら蒼衣は自虐的な笑みを浮かべた。あれほど休みが欲しいと思い続けていたというのに、いざ仕事がなくなると時間のつぶし方が分からない。

こうして公園で缶コーヒーを飲んでいると、リストラされたサラリーマンみたいだなと蒼衣は思った。似たようなものか。疲れていない体にブラックコーヒーは苦かった。

「……なにしてんの」

幼い、聞き覚えのある声が、不意に横から投げつけられた。蒼衣は反射的に、包帯でぐるぐる巻きにされた左手をポケットの中にねじ込んだ。

振り返ると、声の主は先週カフェで出会った少女だった。凛。手や頬、服を砂で汚している。どうやら背後の砂場で遊んでいたようだ。彼女以外に子どもの姿はない。

「よう。家この辺だったんだな。子どもが一人で外遊びなんて危ねえぞ」

「だいじょうぶ。これあるから」

サッ、と凜が居合の達人のように素早くポケットから取り出したのは、卵型の赤い物体。その正体に気づいた蒼衣は悲鳴を上げた。防犯ブザーだ。既に凜の小さな手の片方は、ひも状の引き金を握っている。

「わ、わかったからしまえ。間違っても今鳴らすなよ」

凜はつまらなそうにブザーをポケットに収める。

「……で、なにしてんの。仕事は？」

急激に不愉快になった蒼衣は、やさぐれた声でただ「さぁな」と吐き捨てた。

「クビになったの？」

「……そんな感じだな」

「だっさ」

氷のような眼差しでそういった凜に、蒼衣は言い返す気力ごと斬り捨てられた。

「そんなことより、ビビとおねえちゃん元気？　今週の土曜日も、ママがつれてってくれるの」

蒼衣がクビになったという話はさほど本気にしていない様子で、嬉《うれ》しげに、定期入れに入れた海鳴水族館の年間パスポートを見せてくる凜に、蒼衣はなにも言えなかった。

ビビのことを、話してしまおうか――蒼衣はそのことで葛藤していた。

取り立ててなんのニュースにもなっていないところを見ても、昨日のショーは、あのあと海原がどうにか場を収め、大事にならないよう尽くしたに違いなかった。

だから、ビビの状態は海鳴水族館のスタッフ以外誰も知らない。

病院で診察を待つ間にホームページで確認した、今日の海鳴水族館のショースケジュールは普段通りだった。まるでビビというイルカなど最初からいなかったかのように、イルカショーは滞りなく開演される。

それは普段通りの入園料を来客からいただく以上、当然のことだ。多くがその日限りの関わりである来客に、露出できないイルカのネガティブな情報を伝えても仕方がない。元気なイルカたちのショーで感動を提供するのが、ドルフィントレーナーの仕事だ。そんなことは、わかっている。

それでも蒼衣は、このままビビが緩やかに忘れられていくことが、どうしても我慢ならなかった。

だから、ビビの大ファンである凜に、今全てを話して、一緒に心を痛めてほしいと思った。話すなら、最もショックを受けてくれる人がよかった。それを聞いた凜の顔が、涙が、今の自分を少しは救ってくれると思った。

――ビビが、すごかった。

カフェで初めて会ったときの、凜のうっとりした声と笑顔が脳裏をよぎる。蒼衣は開きかけた口を閉じた。

「……そんなこわい顔するぐらいなら、あやまってきなよ。お姉ちゃんたち優しいから絶対許してくれるよ。凜もいっしょに行ってあげようか？」

蒼衣は黙ってベンチから立ち上がった。

「ねえ」

「……なんだよ」

「すごいトレーナーになるんじゃなかったの？」

その一言が蒼衣の体を磔《はりつけ》にした。凜に背を向けかけたまま動けなくなる。その声だけは、これまでのように侮蔑《ぶべつ》の色を帯びることなく、ただ少しだけ、純粋に残念そうな、失望したような、そんな声だった。

「かっこいいって言わせるんじゃなかったの？」

この少女は、なんて残酷なことを言うのだろう。それは、今だって本当は、一番やりたいことだ。

「俺一人じゃ……意味ねえんだよ」

「なに？　聞こえない。え、ねえ、ほんとにクビになったの？　もうショーにでないの？　やめちゃうの？　……おい！　ムシすんな！」

背を向けて歩き出した蒼衣に、凛が金切り声を上げて背後から体当たりしてきた。軽い衝撃を腰の位置に感じながら、蒼衣は足を止めた。あれほど嫌っていた自分に対して、なぜ凛が急にこんなにムキになっているのか、泣くほど、ムキになっているのか、分からなかった。

「やっぱり、あの日上手《うま》くできなかったからクビになったの……？　あんなの、大したことないよ、あやまればみんなゆるしてくれるよ！　凛のこと、イルカショーのみんな知ってるから、凛がついて行ってあげるから！　……ねえってば！」

湿った高い声が、嗚咽《おえつ》交じりに必死に蒼衣に縋《すが》りつく。

「……ダサい！　超かっこわるい！　……り、凛はさぁ、別におにいちゃんがやめようがどうでもいいけどさぁ！」

構わず再び歩き出した蒼衣に、凛はしゃくりあげるほど号泣しながら絞り出した。

「………………ビビが悲しむよぉ……！」

蒼衣は立ち止まざるを得なかった。同時に、今の顔を絶対に凛に見せてはならないと思った。

「お兄ちゃんは、お姉ちゃんたちに比べればっ、まだまだだけど……！　ビビがあんなにうれしそうにしてるとこ、あんな風に、だれかに甘えてるとこ、見たことないんだから！　ビビはお兄ちゃんのことが好きなんだよ！　なのにお兄ちゃんにとって、ビビはそのていどなんだ!?　あーあ！　ビビかわいそう！」

たまらず振り返った蒼衣に、ビクッ、と小さな肩を跳ね上げて凜は沈黙した。目を真っ赤にはらし、涙と鼻水でぐちゃぐちゃになった凜の怯《ひる》んだ顔を見て、蒼衣は自分が今どれだけ怖い顔をしているのか、初めて知った。

怯《おび》える凜に向けて、蒼衣はこの一か月で培った全てと引き換えに精いっぱいの笑顔を作った。

「勘弁してよ」

そのときの凜の顔を、蒼衣は一生忘れることができない。生まれて初めて、取り返しのつかないほどはっきりと、誰かを裏切った瞬間だった。

叩《たた》き潰《つぶ》された虫のような凜の顔から目を逸《そ》らして、蒼衣は車に向かった。凜が追いかけてきてくれることはもう二度となかった。あれほど泣きじゃくっていたのに、人の気配を感じられないほど、背後は静かだった。

2

湿布と包帯でぐるぐる巻きにされた左手首は、仕事にさえいかなければなんの支障もなかった。蒼衣は包帯が取れるまでの三日間、自室で屍《しかばね》のように過ごした。

両親には、仕事中の事故で怪我をし、休暇をもらったと言って誤魔化している。嘘はついていないとは言え、溺《おぼ》れて気絶した翌日のことだ、不審がられたのは間違いない。

ようやく包帯の取れた四日目の今日も、どこへ行こうとか何をしようとか、蒼衣には一つも思い浮かぶものがなかった。海に行きたいとさえ思わなくなっていた。凜を裏切ったあの瞬間、蒼衣はもう一つなにか、それまではまだ辛うじて持っていた大切なものも一緒に切り捨ててしまった気がしていた。

「蒼衣、入るぞ」

ドンドン、と不器用で乱暴なノック。直後勝手に入室してきたのは、大吉だった。

一ヶ月半もの休暇のおかげで日焼けも落ち着き、雰囲気が柔らかくなったように感じた。

「……返事する前に入ったらノックの意味ないだろ」

「細かいこと言うんじゃねえよ」
大吉は豪快に笑いながら、勝手に床にどっかり座り込む。蒼衣も渋々寝転がってい
た体勢を改め、ベッドの上に座る。
「何か用？」
「海原から電話があってな。お前と連絡がつかないって心配してたぜ」
海原からはあれから何度も着信があった。知らない番号からも同じくらいの着信が
来ている。恐らくは黒瀬か凪のどちらかだろう。
それがビビについての何かしらの報告なのか、また蒼衣に対して何か言いたいこと
があるのか定かではなかったが、蒼衣は全て無視していた。
「何があった」
「……別に何もねえよ」
「そうか」
すんなり引き下がった大吉に、蒼衣は肩透かしを食らった気分になる。
「じゃあ俺の独り言になるんだが。父親ってのは普段から威張るだけで基本使えねえ
が、息子が仕事で悩んだときだけは一番の助けになってやれるもんだ。気が向いたら
話せよ」
父の珍しい優しささえ今は疎ましかったが、蒼衣は自然と話す気になった。凜には

どう頑張っても言えなかったビビの悲劇を、なぜか父には、全て告白できる気がしたのだ。

大吉だけではない。蒼衣は一昨日《おととい》、涼太に電話で一切の事情を伝えていた。電話をかけたのは蒼衣の方からだった。最初から話を聞いてもらいたくて電話した。実際、話を聞いてもらって、同情されて慰められて、励まされて、楽になった自分がいた。なぜ凜にだけ話せなかったのだろう。話せていれば、凜を裏切るようなことにはならなかったかもしれないのに。

蒼衣は父にも、そう時間をかけず全てを話した。ビビというイルカが、もう泳げないかもしれない状態になったこと。そんなビビを無理矢理泳がせようとして、自分が怪我をしたこと。それが理由で、海原に実質の謹慎を言い渡されたこと。

言葉にして整理するのはこれで二度目。蒼衣は涼太の時よりも強烈に、あのときの自分を醜いと思った。

蒼衣はただ、受け入れたくなかっただけだ。ビビがもう泳げないかもしれないこと。蒼衣の、ビビと舞台に立ち続けるという夢がもう一生叶わなくなること。それを否定したかっただけだ。あの日ビビを無理矢理プールに入れたのは、ビビのためにとった行動じゃない。海原の言う通り、トレーナーを名乗る資格もない最低の行動だ。

それでも、ビビがいない職場《あそこ》なんて、蒼衣には何の意義も見出《みいだ》せなかった。

「俺はトレーナー失格だよ。そう思うだろ。イルカを贔屓《ひいき》しないなんて無理だ。ビビを諦《あきら》めるなんて無理だ。だから……もう無理なんだよ」

こんなモチベーションであの職場に戻ることは、海原も黒瀬も、凪も、イルカたちも、蒼衣自身も許さない。

職場に戻れば、蒼衣は恐らく、海鳴水族館の戦力として働けることだろう。いずれはビビに後ろ髪を引かれることもなくなるかもしれない。

けれどビビと共に見たあの青色は、二度と見ることができない。

「俺、他の仕事探すよ。今は面接もちゃんとやれる自信あるんだ。条件が良くて俺に合った仕事を、一からちゃんと探してみる」

「そうか。いいんじゃねえか？」

大吉は興味なさそうに頷《うなず》いた。

「なぁ蒼衣。そのイルカとショーに出たいって夢は、お前だけの夢なのか？」

その言葉の意味が、蒼衣には分からなかった。

「まぁ、夢なんてのは重ねた妥協に埋もれていくのが人生だ。ただ先輩としてアドバイスしとくなら、どんなに捨てたと思って、深いとこに沈んで二度と掘り出せなくなった夢でも、忘れることだけは一生できねーんだぜ」

「親父も……諦めた夢があるのかよ」

蒼衣には意外だった。好きなことを仕事にして自由奔放に生きている男だと思っていたからだ。父の体が初めて小さく見えた。

「母さんと結婚してお前が生まれて、それで諦めちまったんだから、夢じゃなかったのかもしれねえけどな。蒼衣。お前は、諦められるのか？」

蒼衣は閉口した。ビビと泳いだ時間を思い出すたびに体が疼《うず》く。それでも途端にビビの苦しむ姿と叫び声がフラッシュバックして、浮きかけた腰が再び沈むのだ。

「お前の人生だ。お前が決めろ。けど。まだ届くなら手を伸ばせ。……ま、夢が叶わなくたって人生はそれなりに楽しいけどな。人間都合良くできてるもんだ。どちらにせよ、世話になった職場にはきちんと筋通して来いよ」

最後は普段の彼らしく話を締めくくった大吉は、手をヒラヒラ振りながら出て行った。一人になった蒼衣を、散らかった思考の奔流が襲う。せっかく時間をおいて沈殿しきっていた頭の淀《よど》みを、再びかき回されたようだった。

お前は、諦められるのか——うるせえよ。諦めるしか、ないだろうが。

自分の夢を押し付けてビビを苦しめるわけにはいかない。そんなのトレーナーでもなければ、友達ですらない。

リフレインする大吉の言葉に唇を噛《か》んだ蒼衣の耳に、着信音が飛び込んだ。

また海原か。うんざりしながら卓上のスマートフォンに目をやると、涼太からの着信だった。

「……もしもし」

『おう蒼衣ー、ケガはどうだ？』

「今日包帯が取れたとこ。やっと洗えてさっぱりしたよ」

他愛もない会話。涼太の声は軽薄を装っているが、気遣わしげだ。

『あー、職場にはもう戻んないのか？』

聞き辛《づら》そうに尋ねる涼太に、蒼衣の胸は痛んだ。蒼衣がドルフィントレーナーになったのを、最も喜んでくれていたのは両親よりもこの涼太だった。ショーを見に来てくれたあの日は、興奮気味にカッコよかったと言ってくれた。

だが涼太の声は、戻って欲しい、と言いたいわけではなさそうだった。ショーに出る蒼衣をもう一度見たいが、ビビとの特別な絆《きずな》を知っている涼太は、ビビの身に起こった話を聞いて、蒼衣の気持ちを深く察してくれていたからだ。

『……やっぱ、辛いよな。そんでよ、これは全然断ってくれてもいいし、なんつーか、余計なお世話だってお前怒るかもしんないけど』

「なんだよ？」

『いや、彼女の親父さんに話したらさ。営業部に人員の空きがあるし、オレの紹介なら信頼できるって、蒼衣、お前を雇ってくれるって言うんだ』

「……え」

『お節介ですまん。ホント断ってくれていいから。けどオレも営業部だから、一緒に働けたら楽しそうかもと思ってよ。悪《わり》ィけど早めに返事だけくれ。……蒼衣が元気ねぇの嫌だからさオレ。連絡待ってっから。そんじゃな』

通話が切れた後も、蒼衣はしばらくスマートフォンの画面に目を落とし続けた。

＊＊＊

通算十数回目かにかけた電話は、やはり応答がなかった。

凪は、重いため息をついて発信をキャンセルした。

蒼衣とは、この五日間音信不通の状態が続いている。怪我のことよりも、彼の精神面の方が凪は心配だった。海原から連絡先を聞き、こうして勇気を出して何度も発信ボタンを押してはいるものの、一度も出てくれたことはない。

やはりあの日、追いかけておけばよかったと、凪は後悔した。けれどその背中に追いついたところで、蒼衣にどんな言葉をかけてやれただろうか。

トレーナーになってまだ日の浅い彼が、それだけビビ一頭に特別な思い入れを持つのは至極当然なこと。そのショックは計り知れない。残り四頭のためにも通常の職務にいち早く戻るのがドルフィントレーナーの職責だとしても、それを蒼衣にすぐ理解しろというのは酷な話だった。

だから海原は、謹慎という建前で休暇を与えたのだろう。だがそれはつまり、ビビのことはもう諦めなければいけないと暗に示したようなものだ。

蒼衣はもう二度とここに戻ってこないのではないかと、凪は音信不通の日が嵩張《かさば》っていくたびに不安を募らせていた。

それでも来客の前では精一杯の笑顔を保って、通常業務を終えたイルカチームは館内の多目的会議室に着席していた。ロの字形に並べられた机。閉館後の作業を終えた後、ここのところ毎日館内会議が開かれていた。

議題は、ビビの今後について。

開始時間の午後六時四十五分が近づくにつれ、海鳴水族館のスタッフたちが続々と集まって来る。この会議に参加するのは館長、副館長、飼育長に加え、各チームリーダー、そしてイルカチーム。出払っている間、イルカたちの面倒はアシカチームにお願いしてある。

同じ海獣類ということもあり共通する知識も多く、チーム間の移動もよほど適性が疑われない限りは魚類同士か海獣類同士になるので、アシカチームには元ドルフィントレーナーが少なくない。イルカチームで言うと海原が元アシカ担当なので、こうしてサポートし合ったりというのはよくあることだ。

「……今日も来なかったっすね、あいつ」

蒼衣がいなくなってから、イルカチームの会話の数は随分と減っていた。黒瀬が海原に対して、仕事関連以外で口を開いたのが凪は久しぶりに思えた。

「当たり前だろ。怪我が治るまで来なくていいって言ったんだから」

「電話も通じないってのに余裕かましてる場合っすか。海原さんは正しいことしか言ってなかったけど……あんなに熱くなるなんてらしくなかったんじゃないすか」

黒瀬の口調は皮肉めいていた。容赦のないところはあるが、いつも穏やかで優しい海原があんなに声を荒らげて怒鳴るのは、凪も初めて見た。

「……熱くもなるよ。僕らにとって彼はもう、家族みたいなもんじゃないか」

遠くを見たままぼそりと呟《つぶや》いた海原の灰色がかった瞳《ひとみ》は、激しい後悔にゆらゆら揺れていた。

「せっかくいい仲間ができたところだったのに……彼が辞めてしまったら僕のせいだ。ごめんよ。成長していく彼の姿を見るのが嬉《うれ》しかったから……きっと抑えが効かなかったんだろうね」

「ふざけないでくださいよ。蒼衣は必ず帰ってきます。その時一緒に、イルカチーム全員でビビのことを考えられるように、俺たちはビビを守らなきゃいけない」

「……そうだね」

弱々しく笑った海原越しに、上座側の出入り口から、長身痩軀《そうく》の男性が品のある所作で静かに入室してきたのが見えた。凪の全身が凍りついたように動かなくなる。

猛暑日にもかかわらず一目で上等とわかるスーツをさらりと着こなし、館長の隣に座り穏やかに談笑するその姿は、隙がない。

五十歳という実年齢を全く感じさせない、ロボットのように伸びた背筋と端整な目鼻立ち。全身から滲《にじ》み出る品格。彼の姿に気付いたスタッフが次々にざわめき始める。

「来やがったか」

「ラスボスみたいに言わないの。隣に凪ちゃんいるんだよ」

「あ……すまん汐屋」

「い、いいえ。ぜんぜん」

凪は苦い表情でスーツの男を見つめた。

彼の名は汐屋《しおや》源治《げんじ》。海鳴水族館のオーナーにして、凪の実父である。海鳴水族館は源治の経営する『汐屋ビル』の子会社だ。

普段は本社のある隣県で暮らしているが、海鳴水族館に何かあるとこうして会議に出席する。今日に限っては、イルカチームの方から彼を呼び寄せたのだが――。

「大丈夫か？　今日は席外してもよかったんだぞ」

黒瀬の気遣いに、心を強く持って凪は首を横に振った。今日が正念場なのだ。ビビを守るためには、あの男と戦わなければいけない。

開始予定時刻となった。全員が着席し重苦しい空気の流れる会議室で、進行を務める海原がよく通る声で切り出した。

「本日もお集まりいただきありがとうございます。昨日に引き続き、バンドウイルカのビビについて話し合いの席を設けさせていただきました。……汐屋オーナー。本日はお忙しい中ありがとうございます」

「構わないよ。ここは私の大切な場所だからね。ねえ館長、ここはいつ来ても美しい水族館だ」

「ありがたい話です」

館長の鯨川《くじらかわ》が恐縮したように笑う。優しく動物思いの好々爺《こうこうや》だが、彼も源治にだけは頭が上がらない。経営に明るい源治の助言やアイデア、それから莫大《ばくだい》な財力のバックアップによって、海鳴水族館は閉館の危機を何度も乗り越えて来た。

海原が初参加の源治に事の次第を説明する。

「オーナー、ビビの症状についてはご存知でしょうか。メロン器官が深く損傷し、機能を停止しています。原因は不明です。これまでのように水中で暮らすことは困難になりました」

「それは聞いてるよ」

「お耳が早くて助かります。昨日までに四度の会議を重ねまして、やはりビビがイルカショーに復帰するのは現実的ではないという結論に至りました。つきましては、イルカチームの方で今後ビビのために必要な設備を吟味し、提案させていただきました。資料をご覧ください」

黒瀬が回した資料に目を落とす源治。海原が多忙の合間を使って作成したものだった。イルカチームの三人で話し合い、限界までコストを抑えた上でビビに最低限必須《ひっす》な支援を検討し、具体案にしたものがまとめられている。

「ご存知の通り、イルカは陸で長期間生活することができません。自重で肺は徐々に潰《つぶ》れ、皮膚は空気に触れたところから低温やけどを起こします。今はスポンジ製のシートの上に毛布を敷いてビビをうつ伏せに寝かせ、ケージに張った水を塩ビ管を通してシャワリングで上からビビにかけ、循環させるなどして応急処置をしていますが、とても十分とは言えません。資料に示させていただきました通り、ビビ専用の小さなプールを早急に用意する必要があります」

前回の会議でこの資料を提出し、概ねの同意を得られたところまでは来ていた。凪たちの提案するこのプールは、四面の壁がゴム素材でその上にスポンジを敷いており、ビビが体をぶつけても大事に至らないようになっている。一辺四メートル程度の小さな水槽なので加速の距離も満足に稼げない。さらに床がスイッチ操作で上下に動く。いざとなれば人が歩ける程度まで浅くして、トレーナーが数人がかりで水に入り、ビビを追い立てるようにして安全に捕まえることができる。

床の動く小型のプールは、大きな水族館なら治療用・リハビリ用のサブプールとして併設されているところもあり、この業界ではそう突飛な代物でもない。資金さえおりるなら問題なく設置できる見積もりだった。

「ふうん……」

源治はじっくりと資料に目を通していたが、やがて顔を上げた。凪の心臓が激しく脈打つ。

出資者の源治にビビ専用水槽の了承を得ることは、どうしても不可避の案件だった。どうにか最小限の費用に抑えられるように三人が考え抜いたとはいえ、少額ではない。ここにいる過半数と源治の納得が得られなければ、ビビを守ることはできない。

昨日までの会議でこの案を検討し、もらった意見を参考に修正を加える作業を繰り返し、ようやくオーナーに提案する段階までこぎつけたのだ。ここが最後の関門。凪は心の中で両手を組み必死で祈った。

「……よく考えてあるね。コスト削減に頭を絞った跡が窺《うかが》える」

微笑を浮かべて源治がそう言った途端、隣の黒瀬と同時に凪の口からため息が漏れた。長い戦いが終わったのだ。この五日間、張りっぱなしだった気がようやく緩んだ思いだった。

「——でも」

源治が眉根《まゆね》を寄せて付け加える。

「根本的なことが分かっていないようだから聞いてみるけど、こんなものを作ってまで盲目のイルカを生かしてどうなるの？」

「……はい？」

ざわ、と会議室が揺れる。聞き返す海原の口元は穏やかだが、目が笑っていなかった。

「イルカ一頭生かすのに食費だけで月九十万円。ショーに出られないとなれば新しいイルカを仕入れるか、ショーの質を落とさなければならなくなる。どちらにせよ大損害だ。それなのに君たちはこれだけの人数が、商業価値のない老いたイルカを延命する方法に、揃いも揃って何日も頭を悩ませてたのかい」

機械のように淡々と言う源治に、凪の頭が高熱を帯びていく。

こうしている間にもビビは死に向かっているのだ。この男にはそれが分からないのか。ワセリンまみれのべとべとな体で、狭い棺桶《かんおけ》のような檻《おり》の中で身動きも取れず、ただ延命されながら陸上でそのときを待っているビビの姿を見ても、彼女の前で同じことが言えるのか。

「むしろどうやってこれまでと同等のショーを顧客に提供するか、一刻も早く具体案を考えたまえ。盲目のイルカをどうするかはその後でいいだろう。見ていて心が痛むというなら、どうかな、いっそすぐそこの海に帰してあげるというのは」

その瞬間、木の弾《はじ》ける音が凪のすぐ隣で響いた。黒瀬の叩《たた》きつけた拳《こぶし》が古い机に亀裂を走らせたのである。鬼の如き形相で立ち上がった黒瀬を、泡を食った声で鯨川館長が止める。

「机に虫でも止まっていたかね」

源治はほんの僅《わず》かな狼狽《ろうばい》を見せなかった。小刻みに震えて激昂《げきこう》する黒瀬の肩に、海原が普段と変わらない柔和な態度で手を乗せた。

「座りなさい、会議中だよ」

黒瀬は構わず源治を睨《にら》みつけたまま、岩のような拳を再び固く握り締めた。

「戯言《ざれごと》もいい加減にしろよジジィ……！　ビビは二十年間この水族館に貢献して来たイルカだぞ！　退職後の待遇まで不自由なく図ってやるのが俺たちの務めだろうがッ！！！」

「躾《しつけ》のなってない部下がいるみたいだね海原君。そんな人情で飯が食えるのか？　少子化で客数が減少傾向にある中、全国的に見て水族館はもう飽和状態。経営は苦しく一寸先も見えない……ですよね館長」

「え、ええ、おっしゃる通りで……」

「そんな現状で、一銭にもならないイルカのためにこんな水槽作ってる余裕なんかないんだよ。そんなことより急務なのは他の水族館と差別化されたユニークなショーやイベントのデザイン。今日はついでだからその話をしに来たんだ。ああそこの君、この資料を配ってくれたまえ。私が考案した秋季以降のイベントプランなんだが……」

黒瀬が机を蹴飛《けと》ばして議席の中央に乗り込んだ。悲鳴が飛び交う中大股《おおまた》で源治に接近すると、その胸ぐらを摑《つか》み引き上げる。

机を挟んで締め上げられているこの状況でも源治はその機械のような表情を変えなかった。

「黒瀬さん!!!」

凪は無我夢中で叫んだ。暴力沙汰《ぼうりょくざた》になれば黒瀬の解雇は免れない。

「私を悪者扱いするのは勝手だが、イルカの病気はトレーナーの責任じゃないのか？　そんなチンピラみたいなナリをして、どうせお粗末な健康管理だったんだろう。見逃してやるからこれを機に改めることだ」

「訂正してください」

黒瀬を追いかけて源治のすぐそばまで来た海原が、静かに、燃えるような声でそう言った。

「おっしゃる通り、ビビの体の異変に最後まで気づけなかったのは我々の責任です。しかし、私の部下は誓って職務に手を抜いたことはありません。訂正願います」

一触即発を感じ取り、一秒ごとにざわめきを増す会議室。源治が侮蔑《ぶべつ》的に鼻を鳴らした。

「君たちトレーナーは暑苦しいから嫌いだよ。君、いい加減離してくれないか。シャツに皺《しわ》がつく」

「……あんたは……ビビを……このまま、見殺しにしろって言うのか……………？」

どうにかこうにか絞り出したような、震えた声だった。源治はその言葉に能面を歪《ゆが》めた。

「人聞きの悪いことを。イルカの死なんて、君たちには慣れっこだろ」

まずい、と感じたときには遅かった。凪が駆けつけるよりも海原が止めるよりも早く、黒瀬が獅子《しし》のように吠《ほ》えて固めた拳を振りかぶった。

次の瞬間、扉の開く乾いた音が会議室の時を一瞬止めた。

イルカチームの証《あかし》であるオレンジ色のラインが入ったウェットスーツに身を包んだ、日に焼けた背の高い青年が、開いた扉の向こうに立っていた。数日ぶりに見る彼の雰囲気が、凪にはずいぶん変わって見えた。その精悍《せいかん》な目に射抜かれて、黒瀬の手から力が抜ける。

「……なんだ君は」

議席の中央にまで歩いて来た青年に、黒瀬から解放された源治は訝《いぶか》しげに問うた。

青年は鋭く一度敬礼すると言った。

「本日謹慎が明けました、イルカチームの潮です」

この時凪は、自分でもなぜ涙が出たのか分からなかった。源治は忌々《いまいま》しげに眉《まゆ》をひそめると、意地悪く笑って蒼衣の肩を叩く。

「まだお仲間がいたのか。今ちょうど、ビビとかいうイルカのためにプールを作る話を断ったところだ。そんな金を出す余裕はないんでね」

「はい、必要ありません」

「……なに？」

笑って言い放った蒼衣に、源治だけでなく一同が同じ反応をとった。

「ビビはこれまでと変わらず、あのプールで生活して、これからもショーに出続けます。これからは――俺がビビの目になりますんで」

蒼衣の黒曜石のような瞳《ひとみ》には、一縷《いちる》の曇りもなかった。

「……はぁ？」

「これから俺は出勤時間の全てをビビと共に過ごします。ビビの目として、朝から夜まで彼女の隣で生活するんです。訓練次第で、ビビは俺をさながら盲導犬のように駆使して再び自由に泳げるようになるはずです。確信があります。俺に任せてみてくれませんか」

口を開けて呆《ほう》けたような顔をした。ここにいる全員が似たような反応だった。やがて、心底愉快げな笑い声が源治の口からこぼれた。

「ハ、ハハハハハッ！　ゆとり世代の自由な発想には頭が下がるね！　イルカに盲導犬？　傑作だ！　人間にそんな役が務まるわけないだろう！　アレが一日にどれくらい潜水し続ける生き物なのか知らないわけではあるまい⁉」

「妄言と受け取ってもらうのも構いません。それなら俺が恥をかく姿を見れると思って今度のショーにお越しください。ビビが海鳴水族館にとって有益であると、証明してみせます」

その言葉に、源治の目がその質を変えた。

「……ヤケクソだけでモノを言っているわけではないようだな。盲目のイルカがショーに出る、か……なるほどメディアが騒ぎそうな美談だ」

「ショーが成功した暁には、サブプールはもちろんビビのために今後あらゆる協力を惜しまないと約束してくださいますよね」

人が変わったような蒼衣の饒舌《じょうぜつ》ぶりに、凪も海原も黒瀬も呆然《ぼうぜん》とするしかなかった。蒼衣は誰よりも源治と対等に会話している。それはもはや、会話というより取引だった。

商品価値のないイルカに金は出さないという発言を逆手にとって、源治が首を縦に振らざるをえない状況を作り上げた。会議の内容を外で聞いていたのか、初めて会うはずの源治の性格をよく把握している。一度は必要ないと言った凪たちの提案する水槽まで、いつの間にか約束の中に紛れ込んでいるではないか。初めて会った頃はコミュニケーションが不得手だったはずなのに、いざ話せるようになるとこれほど頭の回転が早い男だったのかと、凪は感服の目で蒼衣を見つめた。

「……死ぬ気か。無茶をやってトレーナーに死なれても海鳴のイメージダウンになるだけだ」

「必要なら誓約書でも書きましょうか？　徐々に死に向かっているのはビビの方だ。あいつのためなら、俺は命を賭《か》けます」

これほど力の籠《こも》った言葉を聞いたことが今まであったろうか。凪のまなじりから零《こぼ》れ落ちた涙が、頰を伝って温かい筋を引いた。源治はその迫力に気圧《けお》されたように、息を呑《の》み、やがて心から解せないとばかりに問う。

「なぜ……そこまで無謀になれる」

蒼衣は目を柔く細めると穏やかに笑った。

「俺が、ドルフィントレーナーだからです」

心臓を素手で鷲摑《わしづか》みにされたような感触が、凪の胸をジクジク刺激する。隣で黒瀬が、歯を見せて笑った。

「……面白い。三週間やろう。夏休みシーズン最終日のショーに間に合わせてみたまえ。十四時半からの三十分間、スケジュールを空けておく。せいぜい命を大切にすることだ」

源治は蒼衣の肩を去り際に叩《たた》き、高らかに笑いながら会議室を後にした。

当然ながら、もう会議どころではなくなっていた。

3

「おい、蒼衣君！ 連絡もよこさないでいきなり帰って来たと思ったらなんださっきのは!? 勝手なことをするなと言ったばかりだろ！ こら止まりなさい！」

海原が背後からツカツカ追いかけてくるのを無視して、蒼衣は廊下を歩く足を早める。

向かう先はいつもの場所。

海原の後ろを同じペースでついてくる黒瀬と凪は、上機嫌だった。

「そんなこと言って海原さん、蒼衣が戻って来て嬉《うれ》しいくせに」

「嵐君は減給処分にするよ!? 手を出したらなにもかも水の泡なんだよ分かってるのか!? あいつは君のクビを狙って挑発してたんだよ！」

「海原さんだって腹立ったでしょ」

「当たり前だ！　けど暴力はダメだ！　僕ならもっと完膚なきまでに大衆の面前で恥をかかせてやるよ！」

それもどうかと蒼衣は思った。

会議の様子を、蒼衣は、ほぼ最初から外で聞いていた。初めて参加した源治がいたこともあり、蒼衣がこの数日間の現状を把握するのは容易《たやす》かった。

「蒼衣君！　それよりさっきの話を説明しなさい！　君のせいで僕らが苦労して進めて来た提案がもう、なんていうか、どっか行っちゃったんだよ!?　明日《あした》からの会議で僕なに話せばいいの!?」

「あの提案が通るようなら乱入するつもりはなかったですよ。あそこはもう啖呵《たんか》を切るしかなかったんです。おかげで言質《げんち》を取れました」

館長や他のスタッフを含む全員の聴く前で交わした会話は、実質契約に近い力を持つ。あそこで約束させたからには、オーナーはその言葉に嘘をつけないだろう。舞台は整った。

あとは、ベストを尽くすだけだ。

トレーニングプール目前まで来て、蒼衣は足を止めた。ガミガミ言い続けていた海原が言葉を切って立ち止まる。蒼衣は初めて彼ら三人に正面を向けると、深々と頭を下げた。

「すみませんでした。この間ビビを無理やり泳がせようとしたことも、ずっと電話取らなかったことも、今日のことも。本当は皆さんにまず話してから、会議に参加させてもらおうと思ってたんですけど。止むを得ず順番が前後しました」

「……この間のことはもういい。僕の方こそ言い過ぎた。電話のことも構わないさ。心配したけどね。戻って来てくれて嬉しいよ。けど……さっきの話はきちんと説明してくれ。勝手にどんどん話を進めて、君だけの問題じゃないんだぞ。僕らは仲間なんだから」

蒼衣は顔を上げ、頷《うなず》いた。海原ならそう言ってくれるだろうと思っていた。一度背を向け、扉の鍵《かぎ》を開けてトレーニングプールの中へ入る。

「さっきここへ来たんです。閉館後なら全員揃《そろ》ってるかなって思ったんですけど……会議が始まる直前だったんですかね、誰もいませんでした。更衣室に置いてあったんで、この資料も読ませていただきました」

ビビのためを思って海原たちが考えた、ビビ専用プール。これなら彼女も比較的安全に水中で生活できる。ビビの目となる覚悟を決めたとはいえ、蒼衣も二十四時間ついていられるわけではないので、このプールはビビに必須《ひっす》だ。

「このプールを作らせるために言質を取る必要があったんです。三週間……短く感じますけどビビの体を考えると長すぎるぐらいです。なんとかそれまでに、ビビを前みたいに泳げるようにしてみせます」

「蒼衣君……君は変わらないんだね。その気持ちは嬉しいし、痛いほどよくわかるが、また繰り返す気かい？　無理矢理ビビを君のエゴに付き合わせて、結果お互いに怪我をしたんじゃないか」

「エゴじゃありません」

蒼衣は今、心から断言できた。

「さっき、ビビに会うためにここに来ました。なんか、あの日ビビに謝りに来たことを思い出して懐かしい気分でしたよ。そのときにちょっと、ビビに怒られちゃって」

思わず苦笑を浮かべて、蒼衣は数十分前のことを思い出した。

＊＊＊

あの日と違い、蒼衣は鍵を持っていた。トレーニングプールにはアシカチームの男性職員が、一人でイルカたちを見てくれていた。蒼衣は彼から、現在イルカチームのみんなはビビのための会議中であること、その間代わりに自分がイルカを見ているのだと聞かされ、流れであとのことを引き受けることにした。

ウェットスーツに着替えてから、蒼衣はビビと、五日ぶりに再会した。ビビは最後に会った日と同じ、狭いケージの中に入れられていた。ワセリンまみれの体に降りかかるシャワー。ビビの顔をもう一度見れて、蒼衣は純粋に、たまらなくうれしかった。

今日、蒼衣はビビに、謝罪を、感謝を、そして別れを告げに来たのだった。

ビビは蒼衣の姿に気づくなり、初めて見せる表情になった。近づいてしゃがみ込むと、きゅうと鳴きながら頭をもたげ、吻《ふん》で蒼衣の左手をつつく。

どうやら怪我を心配してくれているらしい。蒼衣に怪我を負わせてしまったことを、覚えていたようだ。

「もしかしてずっと気にしていたのか？　バカだな、謝るのは俺の方だろ」

蒼衣は手首にすり寄るビビの頭を抱きしめた。

「……ビビ、俺、今でもお前とショーに出たいって思ってるんだ。ひどいよな。お前のことなんてお構いなしでさ。最終試験のときも、いつでも、俺が勝手に先を突っ走って、それでもお前はずっとついてきてくれるから……考えもしなかったよ。お前が俺を、見失うなんて」

だからこの夢は、忘れられないまま捨てることにした。

友達だからこそ、ビビに独りよがりの夢を押しつけるのはもうやめる。もう、他のイルカと夢を見る気にはなれない。

「お前は、一緒に潜ってるだけで、言葉にしなくても全部通じ合えてたからさ、一生言わないでやろうと思ってたんだ。どうせ知ってるだろうけど、聞けよ。一回しか言わないからな」

蒼衣とビビ以外誰もいないトレーニングプール。

大きく息を吸って、顔が少しずつ熱を帯びていくのを感じながら、蒼衣はビビの顔を正面から見つめて伝えた。

「大好きだ」

相当の勇気を振り絞ったというのに、ビビは何の反応も示さなかった。当然だ。イルカに人の言葉は分からない。

少しの時間、ビビと見つめ合った蒼衣は、やがてゆっくり立ち上がった。自然に目頭が熱くなる。温《ぬく》もりが逃げていくように、満たされていた何かが蒼衣から抜け出ていく。

「さよなら」

エコロケーションの機能が失われた今、もう、ビビに蒼衣の心が通じることは期待できない。ビビは蒼衣がまさか別れを告げに来て、今日を境に二度とここに来なくなるなんて思いもしないだろう。それでいい、と蒼衣は思った。伝わらなくていい気持ちもある。繋《つな》いだ手をそっと離すように、蒼衣はビビに背を向けた。

次の瞬間。

細く鋭い針のような悲鳴が蒼衣の鼓膜を貫いた。間髪を容《い》れず、今度は思わず身のすくむ大きな音。蒼衣は何事かと振り返った。

信じられない光景だった。

ビビが、壊れたサイレンのように喚《わめ》いて、泣いて、檻《おり》に必死に体をぶつけていた。体に傷がつくのも構わず何度も何度も、とてつもない威力で。鉄柵《さく》と衝突する痛ましい音と、ビビの甲高い叫びが、蒼衣の心臓を引っ掴《つか》んで無茶苦茶に振り回す。

――なんで。

まるでもう会えないって分かったみたいに。蒼衣は高音で鳴きながら一心不乱に檻に体当たりするビビの姿を見て、ようやくビビが何をしようとしているのかに気づいた。

ビビがケージをぶち破った先に目指す場所は――青い水面。まるで蒼衣に見せつけるようにビビは水中を目指しているのだ。彼女にとって、あそこはもう暗闇でしかないはずなのに。

蒼衣はビビに頬を張られた気分だった。見くびるなと怒鳴られた気分だった。二人の絆《きずな》をこれでもかと見せつけて。二人にしかできない演技をバンバン決めて。

一緒にショーに出て。お客さんの歓声を全身で浴びる。

その夢が、お前一人の夢だとでも思っていたのか——ビビの怒った声が聴こえた気がした。滂沱《ぼうだ》の涙が溢《あふ》れ出て、がくがく顎《あご》が震える。涙の味は、どうして海に似ているのだろう。

蒼衣は無我夢中で駆け寄り、飛びつくようにビビを抱きしめた。不思議な潮の香り。

バカなことを考えたものだ。他の何を得られたって、この存在と二度と会えなくなる選択をどうしてしようとしたのか。

「俺の身勝手じゃ……ないんだな。この夢は、ビビ、お前が、一緒に……見てくれるんだな……」

しゃくりあげる蒼衣に、ビビが、何を当たり前なことをと言うように噴気孔を鳴らした。

だったらもう、二度と迷わない。五日かけてようやく決めた決断などあっさりドブに捨てられる。待っていてくれとだけビビに伝えると、韋駄天《いだてん》の如くトレーニングプールを飛び出し、海原たちの姿を捜して館内を遮二無二走り回った。

「ビビとショーに出たい気持ちは、俺のエゴじゃありません。ビビに怒られてようやく気づきました。だから……ビビをもう一度、舞台に立たせるために、俺にやらせてください。そして力を貸してください。お願いします」

変わらぬ姿で待ってくれていたビビのケージの前で、彼女を撫《な》でながら会議に乱入するまでの経緯を話した蒼衣は、今一度海原たちに頭を下げた。

＊＊＊

もう彼らがなんと言おうと、蒼衣は折れないと決めていた。さっき届いたビビの気持ちは決して気のせいなんかじゃない。それなら命を賭《か》けて、ビビの目になる覚悟を蒼衣は決めた。

「いいじゃないすか海原さん。どのみちビビ専用プールの提案が通っても、完成を待つ間ビビの負担を減らすために入水を試そうとはしてたんだから。イルカに盲導犬ならぬ盲導トレーナーってのも、二人の信頼関係なら雲を摑むような話でもない。この潜水バカならマジでイルカと同じペースで潜っちまいそうだし」

上機嫌の黒瀬が蒼衣に目配せして掩護《えんご》射撃した。海原は顔をしかめつつも、蒼衣が強引にオーナーと話を進めてしまった以上、どのみちやらせてみるしかないことを分かっているのだろう、渋い顔で頷《うなず》いた。

「……君の体に何かあったら元も子もない。体調には万全を期すように」

「はい。ビビにかかりっきりになるので、本来の職務の大半に参加できないと思います。ビビ一頭を特別扱いするのもトレーナーとして失格です。タダ働きで構いません」

まくし立てた蒼衣に、海原は目を丸くして吹き出した。

「蒼衣君、教育学的にはこういうのは特別扱いじゃなくて特別支援って言うんだよ。教師もトレーナーも、そこの考え方は同じでいいと思う。なんのために僕ら仲間がいると思ってるんだ。他の仕事やイルカのことは、僕らに任せなさい」

「……はい。ありがとうございます！」

頭を下げた蒼衣に、海原が久しぶりに優しく笑った。

「帰ってきてくれてありがとう。まったく、君がいると退屈しないね」

それまでずっと、黙って行方を見守っていた凪が、ぐっと勇気を振り絞ったように大股《おおまた》で蒼衣の前に進み出た。

「蒼衣君……お帰りなさい」

日焼けのためか数日前より顔の赤くなった凪が、はにかむように破顔した。蒼衣もつられて笑う。

「ただいま帰りました」

きゅう、とビビが嬉《うれ》しげに一声鳴いた。

＊＊＊

ビビの入水。

それが四人にとって、最初で最大の難関だった。ビビにもう一度ショーに出たいという気持ちがあるのは確かだとしても、現に五日前の入水でビビはパニックに陥ってしまった。

繰り返すうちに慣れるだろう、と安易に水に入れるわけにもいかない。前回は蒼衣が体を張って守ってやれたが、入水させるたびに暴れて壁に激突するようではビビの命がいくらあっても足りない。

トレーニングプールの脇に座り込み、蒼衣たちは頭を突き合わせて悩んでいた。時刻は午後七時半。気づけば外は随分暗くなっていた。夜間トレーニングの時間は夏休みシーズン中は九時までだが、全員今夜は泊まり込む覚悟だった。

蒼衣はまだ泊まった経験がなかったが、海鳴水族館には緊急時に職員が宿泊できるよう十分な設備が整っている。

そうまでしてでも、ビビが暗闇の水中に慣れるのは一刻も早い方がよかった。スポンジの床に水を張っているとは言え、陸上での生活にビビがあとどれだけ耐えられるか分からない。

唐突に、蒼衣は閃《ひらめ》いた。

「そうだ、網を使いましょう！　四方を丈夫な網で囲んだ柵を作るんです！　その中でならビビを水に入れられる！」

網でも絡まって溺《おぼ》れる危険がないとは言えないが、硬い壁に比べれば圧倒的にマシだ。興奮する蒼衣に対して、三人は浮かない表情だった。

「それは僕も考えたんだけど、そんなものを作るとなるとかなり時間がかかるんじゃないかな。今日徹夜しても、とても一日じゃ終わらないだろう。そもそも網を用意するのもこの時間じゃ……」

「問題ありません、ちょっと待っててください」

蒼衣は脱兎のごとく駆け出すと、更衣室に飛び込み自分の上着のポケットからスマホを抜き出し、電話をかけた。

「あ、もしもし？　ちょっと頼みがあるんだけど……」

＊＊＊

心当たりに連絡を入れてから一時間と少し。時刻は間もなく午後九時になろうかというところだった。灯《あか》りの類《たぐい》もなく完全な闇に包まれていた海鳴水族館の関係者用駐車場に、軽トラックの前照灯がひとつ、ふたつと舐《な》めるように入ってきた。

彼らの到着を待ちわびていた蒼衣たちは歓喜して駆け出しかけたが、軽トラックの流れが全く途切れないことに気づくと次第に雲行きの怪しさを感じはじめた。十……いや十五台は下らない数がやや乱暴な運転で続々と駐車していく。

「おう蒼衣、海原ァ。待たせて悪いな」

先頭を走ってきた軽トラックの運転席から、この暗闇の中でも一目でそれと分かる風体の男が歩み寄ってきた。蒼衣たちの待つライトのついた地点にぬっと姿を現したのは、大吉だった。

「大吉さん、お疲れ様です！」

「別に疲れてねえよ」

「すみません！　こんばんは！」

「暑苦しいんだお前は毎度よぉ」

「ありがとう親父。急に悪いな、動いてもらっちゃって。……にしてもこの人数なんだよ」

蒼衣は大吉の背後を見やって、顔を引きつらせた。エンジンの消える音と軽トラックの扉をバンと閉める音が乱立する中、ぞろぞろぞろぞろ、大吉の背後から屈強な男たちが歩いてくる。

漁師風のなりをした者が目立つが、体格といい目つきといい歩き方といい、全体的にガラが悪い。

「集められるだけ人手を集めてくれっつったのはお前だろ蒼衣」

「この時間から急に声かけてそれでも集まってくれる、常識的な人数を想像してたんだよ……五人とか」

「ガハハ、まぁ俺はこの町じゃちょいと顔がきくからな」

実際に集まった人数は優に三十人以上。大吉の人脈と人望がそれなりにあるのは知っていたので協力を要請したが、まだまだ大吉を甘く見ていたようだった。

「例のものはちゃんと手に入った？」

「あったりめえよ。おい」

「へい！」

大吉が顎《あご》をしゃくると、背後で威勢のいい声を上げた数名が前に進み出た。灯《あか》りのある場所まで来て、抱えてきたものを示す。

それは巨大な米俵のように丸められ固められた、丈夫そうな青色の網。蒼衣たち四人は顔を見合わせて喜んだ。蒼衣が大吉に探して欲しいと頼んだのは、まさしくこの網だった。

「これこれ！　本当に助かったよ親父ありがとう！　皆さんも、こんな遅い時間にわざわざありがとうございます」

「なぁに、大吉さんのせがれの頼みとあっちゃあ断れねぇよ。予備の養殖ネットが倉庫に眠ってたんだ、使えるか？　この後も人手が必要ならなんでも手伝うぜ」

屈強で恐そうな見た目とは裏腹に人懐っこい笑みだった。彼らの好意に蒼衣は深々と頭を下げる。

蒼衣が大吉に用意を頼んだ物とは、養殖用ネット。海鳴市は養殖漁業も盛んだし、漁協に顔の広い大吉の人脈なら手に入るのではないかと思ったのだ。

水中に沈め、さながら檻《おり》のように中の生物を管理するために作られているので手を加えることなくそのまま使えるし、しなやかかつ強靭《きょうじん》な網はビビの体を守るはずだ。

予備知識のない蒼衣だが、設置にはそれなりに人手がいるだろうと思いついでに人手も集めてもらっていた。

ちょっと想定外の人数が来てしまったが、一部だけ帰ってもらうのもなんだし快く手伝ってくれるようなのでお言葉に甘えることにしよう。

海原が一人一人に礼を言って回り始めた。黒瀬もそれに続く。

「すんませんね、悪いけどよろしくお願いしま……あ」

「いやいや大したことじゃ……あ」

黒瀬が最初の一人と顔を合わせると、相手も言葉を切った。なにやらただならぬ不穏な空気が黒瀬と、大吉の連れて来た一人の男の間に流れ始める。

「……久しぶりだな黒瀬。黒いオオカミとか呼ばれて天狗《てんぐ》になってた波高《ナミコー》の特攻隊長さんよぉ。こんなとこにいたのか、とっくにくたばったと思ってたぜ」

そう言って、男は鋭い眼光を向けて黒瀬を睨みつける。

「おぉ懐かしいアホ面だな。そっちこそ随分丸くなっちまったじゃねえか。見る影もねえメタボ腹しやがって」

「言わせておけば……それ気にしてるんですけどぉ!?」

ずいずい距離を詰めてメンチを切り合う二人。他の男たちも黒瀬の顔に気づくなり一様に蛮声を上げ始めた。

なんの因縁だ。特攻隊長ってなんだ。蒼衣には見当もつかなかったが、状況は穏やかじゃない。今にも取っ組み合いが始まりそうな空気だ。一体黒いオオカミは、この男たちになにをしたというのだろう。

蒼衣が止めに入ろうか迷っていると、背後から飛び出した人物の束ねた黒髪がふわりと揺れた。

「あのっ、やめてください！　そういうの後にしてください！　イルカのために皆さ

ん の力が必要なんです、今は力を貸してください！　お願いします！」

身体のラインがくっきり浮き出るタイトなウェットスーツに、パーカーを羽織っただけの姿の凪を、押し黙った男たちは頭からつま先まで舐めるように見つめた後、先ほどまでの殺気を嘘のようにおさめて元気に手を挙げいい返事をした。全員鼻の下が見事に伸びている。

凪ちゃんすげえ。

「蒼衣」

いつの間にか隣にいた大吉が蒼衣の肩を叩《たた》いた。大吉が何を言いたいのか蒼衣には分かっていた。

「やっぱり、お前だけの夢じゃなかっただろ？」

「……まぁな」

悔しい。自分に分からなくて、MCをした時のショーを見に来た、たったあの日一度ビビを見ただけの大吉にビビの心が分かったのが、蒼衣は悔しかった。

「バカでも分かるさ。あの時のあのイルカ、これ以上ねえってぐらい楽しそうにしてたからな。お前が勝手に諦《あきら》める方がよっぽどもったいなくて、それこそ身勝手だと思っただけだ」

蒼衣と大吉に気を遣ったのか、海原たちが大吉の集めた男たちを建物の中に誘導し

ていった。大勢がビビの待つプールへ向かっていくその背中を見つめながら、蒼衣は

ぼそりと呟《つぶや》いた。

「……ずっと言えなかったことがあるんだ」

「あん？」

「俺にこの仕事を紹介してくれて、ありがとう」

大吉は彫りの深い両目をまん丸に見開いて、宇宙人でも見るように蒼衣の顔をまじまじと見つめた。

「……なんだよ」

「ガハハ！　なんでもねえ！　おら俺たちも行くぞ！」

強引に背中を押され、突き飛ばされるようにして蒼衣は渋々歩き始めた。

「……おかしな話だ。一年に数回会うかどうかだった今までより、毎日顔合わせてたこの一ヶ月半の方が……見るたび見違えやがる」

背後で大吉が何か呟いたが、蒼衣にはよく聞き取れなかった。

＊＊＊

大吉の引き連れて来た男たちの働きぶりは素晴らしかった。

腹から張った大きな声をかけあって、ひとりひとりが役割を見つけてテキパキと動く。男たちが右へ左へキビキビ行き交うのを、蒼衣たちは目を見張って眺めていた。

彼らはいつの間に服を脱いだのか、下に履いていた海水パンツ一丁になって自らプールに飛び込み、ついにネットの設置までも彼らだけで終わらせてしまった。

まだ作業を開始して十分程度しか経っていない。恐るべき手際とチームワークだ。これが海の男たちか、と蒼衣はただただ感心した。

「こんなもんでいーっすかー？」

「おう、バッチリだぁ！」

「なんで親父が仕切ってんだよ」

ツッコミを入れたものの、文句の付け所がない出来栄えだった。ネットはプールの壁一面から僅《わず》かに中心側に離したように位置しており、これならビビがどんな暴れ方をしても壁にぶつかることはない。

開閉式の出入り口を壁側に向けて設置してある。ビビをプールに入れたら、スタンバイしてくれている海パン姿の漁師たちが、蒼衣とビビがネットの中に入ったタイミングで出入り口を閉じてくれる手筈《てはず》だった。

既に通常の退勤時間を過ぎている。そういえば夕飯もまだだったが、蒼衣の気持ちはそれどころではなかった。

「……今更なんすけど、息子さんは何をしようとしてるんすか？」

ネットを提供してくれた養殖漁師の青年が、隣の大吉に向かって尋ねる声が聞こえた。

「あのイルカは目が見えなくなっちまったらしい。蒼衣は、そいつの目になってやるんだとよ」

「……そんなことできるんすか。言葉も通じない、しかも水中の生き物相手に」

通じるさ。蒼衣は強く、心の中で肯定した。

言葉なんて必要ない。人間同士だって、本当は言葉なんかなくたって怒りも愛も伝えることができるじゃないか。

ビビの入ったケージの扉を、慎重に解錠する。蒼衣の手は否応《いやおう》なく震えた。ゴーサインはまだ出さない。ビビは蒼衣の言うことをしっかり聞いて、蒼衣のすぐ傍まで腹ばいで進んできた。

ビビの瞳《ひとみ》は、じっと、揺れる水面に注がれている。

ビビから確かに伝わる、不安、恐怖。それでもその瞳に宿る強烈で無二の光は、ただ、青への憧憬《しょうけい》。

迷いは完全になくなった。

鼓動が早まる。落ち着いて、呼吸を整え、ビビと目を合わせた。それから水中にスタンバイしてくれている海原、黒瀬、凪、ネット張りを手伝ってくれた男たちとも順に目を合わせていく。

あの日、無理矢理ビビを泳がせた時とは違う。今はこれだけの人がついてくれている。

大きく息を吸い込んでから、蒼衣はビビにゴーサインを出した。勢いよく入水したビビと同時に、蒼衣もプールサイドを力強く蹴《け》って飛び込む。

泡をかきわけ、ビビの背中に手を当ててそのまま真っ直ぐネットの中に入った。蒼衣と同時に潜ってきた男たちが、素早く泳いで器用にネットを閉じていく。流石は漁師、海原たちに見劣りしない。

成功だ。蒼衣とビビは周囲三百六十度を青い網の檻《おり》に囲まれていた。これでもう、ビビがどれだけ暴れても壁に激突して怪我をする心配はない。唯一あるとすれば、蒼衣がビビの暴走に巻き込まれる可能性ぐらいだ。

ビビは不安げにぐるり、ぐるりと水中で体を回し、色んな方向に頭を向けていた。彼女が必死に恐怖と戦っているのが痛いほど伝わってくる。

どんなに超音波を飛ばそうとしても何一つ反応が返ってこない。実際には超音波を上手《うま》く発することができていないのだ。すぐそばにいる蒼衣のことも、水中に入ればビビは見失ってしまう。

今ビビが戦っているのは、まるで宇宙空間のような、無限に広がり続ける無の空間の中心にぽつんと独りぼっちで浮かんでいる恐怖だ。

不安そうなビビの動きが徐々に激しくなっていく。ビビの心がさざ波を立て始め、そして次第に嵐に遭ったように荒れ狂っていく音が聴こえる。

ダメだ、落ち着け。ビビ。俺は——ここにいる！

無情にも蒼衣を弾《はじ》き飛ばしたビビは、暗闇の中、母親を探す幼子のように、見当違いの方向を闇雲に泳ぎながら必死に蒼衣を呼んでいた。

ダメか、と誰かが肩を落としたのを聞いた気がした。蒼衣は気を奮い立たせてビビの後を猛追する。何度弾かれたってもう二度と諦めない。諦めていいはずがない。

どうにかビビに追いつき、その背中に触れた瞬間、ビビは全身を跳ね上げるように蒼衣の手を弾いた。得体の知れない何かがいきなり自分に触れたのが怖いのだ。今、ビビは暗闇の世界にいる。触覚に訴えかけても余計に興奮させてしまうだけだ。

瞬間、蒼衣は天啓に打たれた。

いつの間に思い違いをしていたのだろう。エコロケーションの機能が失われたとしても、ビビにはまだ、イルカとしての鋭敏な器官が無傷のまま残されている。

蒼衣は上体をがくんと真上に起こすと、水面めがけて急浮上する。一直線に加速し、勢いよく水面から顔を出した。

「ぶはっ!」

トレーナーが水面に顔を出す、この音。二十年間ビビがほぼ毎日聞いてきたはずの、人間なら聞き逃してしまうであろうほんの小さな音。

それは水の中を瞬く間に駆け抜けて、ビビの卓越した聴覚に訴えかける。蒼衣が、ここに、いることを。

網に体をこすらせながら出鱈目《でたらめ》に泳ぎ回っていたビビの体が、ピクリと硬直して、そして、目が合った。

ビビに遠く離れた蒼衣の姿が見えるはずがない。それでもビビは闇を穿《うが》つ光を見出《みいだ》したように、一目散に蒼衣めがけて飛び込んできた。

『少し顔を引き気味にして受け止めなきゃいけません。そうすると――』

懐かしい凪の声が静かに再生されて、頭の中に染み渡る。確実にこちらに向かってくるビビの目を真っ直ぐ見つめて、呼吸を合わせ、水面を突き破ってくる瞬間体をそらし、顔を引く。

無意識に微笑んだ蒼衣の唇と、安堵《あんど》にむせぶビビの吻《ふん》が引き合うように結びついた。

お互い水面に顔を出しながら見つめ合う。

「よう……もう、見失うなよ」

ビビの体は細かく痙攣《けいれん》するように震えていたが、蒼衣が抱きしめていると徐々に落ち着きを取り戻していった。歓声が上がる。拍手が起こる。やがてすっかり落ち着いたビビが、蒼衣の頰に頭部をすり寄せてきゅうと鳴いた。

ビビの心を水中で安定させることはできた。繰り返し訓練していけば、徐々に暗闇の世界に対する恐怖心も和らいでくるだろう。だがこれは最初の一歩に過ぎない。ショーまで残された時間は僅かだ。

それでも、〇から一に変わっただけでこれほど希望的になるものか。やれる。やってみせる。心の中で力強く宣誓して、蒼衣はビビを固く抱きしめた。

4

八月二十五日土曜日、午後九時。ビビ復帰ショーのリハーサルが無事終了した。

ビビが再び泳ぐ姿を、その日初めて見たBGM係のスタッフは、泣いていた。蒼衣がむせ込みながらプールサイドに這《は》い上がるや否や、飛びかからんばかりに駆け寄られ、興奮と感動を伝えられる。

「すごいよ！　なんてすごいやつなんだ君は！」

蒼衣は朦朧《もうろう》とする視界に彼の上気した丸顔を捉《とら》えると、力なく苦笑した。本当にすごいのはビビの方だと伝えたかったが、あいにく呼吸に精一杯だった。

蒼衣は続いてプールサイドに打ち上がってきたビビの背中を撫《な》でた。いよいよ明日《あした》だ。運命の日、と言えるほど緊張も気負いもなかった。

盲目の老イルカと言われたビビは今、蒼衣が少し助力を添えるだけで、もうなんの問題もなく泳げるようになった。蒼衣にはもう、それで十分過ぎる。

「明日はあのクソオーナーの高い鼻……へし折って、やろうぜ」

どうにか声が出るようになった蒼衣はビビに勝気な笑みを向けると、よろめきながら立ち上がった。BGM係の男が気圧《けお》されたように後ずさる。

さすがに酸素が足りない。部分練習なら問題ないのに、リハーサルの消耗はやはり別格だった。

ショーが始まって終わるまでの三十分間、蒼衣はほとんど水面に顔を出すことができないのだから。

「蒼衣君！」

心地よい声に名前を呼ばれた瞬間、ばふん、と蒼衣は柔らかい感触に包まれた。覚《おぼ》束《つか》なかった視界が真っ暗になる。温かくてふわふわのバスタオル。自分の顔を包み込んでいるものの正体が分かると、途端に激しい眠気に襲われた。

膝から崩れた体を、凪にタオル越しに抱きしめられるという、この状況に照れを感じる元気も今はない。蒼衣はなすすべなく彼女の胸に体重を預けた。タオルの上から優しい手つきで頭を撫でる凪は、呼吸ができるように口だけはタオルで塞《ふさ》がないでくれていた。

「本当に……お疲れ様でした。蒼衣君は私の誇りです」

「……大げさですよ。まだ明日が残ってます」

「お疲れ様」

海原の声が聞こえたので、蒼衣は名残惜しさを感じつつ凪から離れた。海原と黒瀬が、今まで見たことのないような顔で蒼衣を見下ろしていた。

途端に、照れくさくなる。

「あの日君が選考試験を受けにきてくれて、本当によかったよ」

「同じく。お前のお陰でビビも俺たちも救われた。俺ァお前のこと、面と向かって褒めてやったことなかったかもしれねえが。尊敬できる仲間だ。そう思ってる。ずっと思ってた」

予感通り、むず痒《がゆ》い展開になった。揃いも揃ってやめてくれ。先輩たちの自分を見る表情を見るとたまらなくなる。

「明日に備えて今日はもう上がりなさい。凪ちゃん、君も上がっていいから蒼衣君を送っていってあげて」

「え」

海原の予想外の言葉に目を丸くした蒼衣とは正反対に、凪は首を縦に振った。

「そんな状態で運転させられないからね。車は置いて帰りなさい。明日も出勤は午後からでいいから、ゆっくり寝て昼ごろ電車でくるといいよ。仕事は僕らに任せな」

「……ありがとうございます。じゃあお言葉に甘えて」

蒼衣は頭を下げ、最後にもう一度ビビと挨拶《あいさつ》を交わしてから更衣室に入った。

いよいよ明日だ。何度目かになるその声が頭の内側から響いてくる。全身を締め付けるウェットスーツから解放されるとどっと疲れが押し寄せてきた。気が緩むと倒れそうだった。

この三週間、蒼衣は自分の限界を超えて肉体を追い込んできた自覚があった。朝から晩までビビと一緒にプールに潜り、まさしくイルカと同じように生活した。

ビビが陸にいる時間を少しでも減らすため、朝は誰よりも早く出勤し、夜は毎日十時過ぎまで居残った。ビビの肺呼吸が安定しない日があると泊まり込んで彼女の側にいた。

大変だったのは蒼衣だけではない。凪たち三人は、蒼衣がビビに専念できるよう、調餌や雑務、ショースケジュールの全てを代わった。三人の非番は当然ゼロになった。

休館日の月曜も、全員が朝から出勤して蒼衣のサポートと、他の四頭のイルカの世話を引き受けた。

海原は蒼衣が泊まり込むときは必ず付き合い、黒瀬は蒼衣の体に気を遣ってやたらと食事を奢《おご》った。

凪は蒼衣の負担を減らすべく、暇を見つけてはビビの盲導トレーナー役を蒼衣の代わりに務めた。蒼衣のようにうまくできないと悔しそうにしていたが、十分すぎるほど助けになっていた。

イルカチーム全員、過酷を極めた三週間ではあったが——充実していた。

それはビビが、日を追うごとに元気を取り戻していったからに他ならない。水中を恐れていたビビが、蒼衣と一緒なら本当に気持ちよさそうに泳ぐのだ。

蒼衣はもちろん、イルカチームにとってそれが何よりの喜びで、頑張れる活力になっていた。だからこそ、いよいよ明日だ、と蒼衣の心はざわつく。

今更になって緊張感が膨れていく。ビビが泳げるようになって蒼衣は満足してしまっていたが、明日のショーのためにどれだけの人が力になってくれたかを思い出せば、何よりビビの命を救うためにも、失敗は絶対に許されない。

蒼衣は着替えを済ませると、ビビをケージに戻し、締め作業をおこなっていた海原と黒瀬の元に駆け寄った。不思議そうに蒼衣を見つめる二人に、蒼衣は深く頭を下げる。

「今日までありがとうございました！　俺がビビに専念できたのは、みなさんのおかげです！　本当に……ありがとうございました！」

「野暮なことを言うな」

黒瀬が照れを隠すように鼻で笑った。

「明日は最高の日にしようね」

海原の笑顔に、蒼衣は力強く頷《うなず》いた。更衣室から出てきた私服姿の凪とともにもう一度頭を下げると、二人はトレーニングプールを後にした。

＊＊＊

初めて入る凪の車の中は、いい匂いがした。

淡い水色の軽自動車の助手席に、促されるまま乗り込んだものの、外は真っ暗で、オレンジ色の室内灯でほのかに照らされた車内に隣り合わせで二人きり。

緊張しない方が無理なシチュエーションだった。

普段は二人になるとさり気なく会話を振ってくれる凪が、今日に限って無口である。シートベルトを締め、室内灯を消し、「行きましょうか」と一言だけ囁《ささや》いて凪は車を発進させた。

車内にゆったりとした音楽が流れ始める。イヤホンすら持っていない蒼衣は当然知らないアーティストだった。凪の趣味はこういうのなのか――なんだかプライベートな領域に踏み込んでいる気がして気持ちが浮《うわ》つく。

「あの、お家はどのあたりなんですか？」

「え!? えっと、ここ右に曲がって、この海沿いをずっと真っ直ぐお願いします！」

呆《ほう》けている間に海鳴水族館の前を横切る道路の前まで来ていた。慌てて道案内する蒼衣の指示に従い、凪がハンドルを右に切る。夜の九時半、車通りも疎《まば》らで道は薄暗かった。

家に着くまで三十分はある。軽快に運転する凪をちらりと窺《うかが》った。数秒おきに街灯の光に撫《な》でられる彼女の横顔は、形容に困るほど美しかった。

「疲れているでしょう。寝ていてもいいんですよ」

「い、いえ、ぜんっぜん眠くないんで！」

この状況で眠れる男はよほどの大物だろう。とは思ったものの疲労は確実にたまっていたのか、頭がうまく働かず、全く会話を振ることができない。五分、十分、ほとんど沈黙の状態が続いていた。

「……蒼衣君。実はずっと、謝りたかったことがあるんです」

不意に凪は、そんなことを告白した。

「え？」

「私、父が苦手なんです。幼い頃からそうです。父と目が合うと体が動かなくなって……私があの時父を説得できていれば、ビビも蒼衣君も、あんなに苦しい思いをすることはなかった。なのにビビも蒼衣君も、そんなの物ともしないで毎日頑張って。日に日にビビは蘇《よみがえ》っていって。……だからずっと言い出せなかったんです」

車が暗いトンネルに進入した。凪は苦しげに唇を噛《か》んでいた。

「ごめんなさい……私に意気地がないばかりに、蒼衣君に全てを背負わせてしまって」

「そんな風に思ってたんですか？」

融通の利かないほど真面目な人だ。蒼衣は呆《あき》れた。

「オーナーが汐屋さんのお父さんって知った時は驚いたけど、仕事に親も子も関係ないですよ。イルカチームとしてあのサブプールを提案して、拒否された。だから今度は別の方法で戦おうとしてる。それだけじゃないですか」

海鳴水族館イルカチーム。凪はその一員としてこの三週間、やれることは全てやってきた。蒼衣は知っている。そして明日《あした》も同じように、イルカチームとして全員が力を尽くして、最高のショーを作る。

それが、仕事というものではないだろうか。

仕事は労働と賃金の交換であると同時に、心と心の交流でもあることを、蒼衣は学んだ。それを忘れなければきっと、どんな仕事にも夢を見られるに違いない。だから凪の謝罪はひたすらに見当違いだった。

「俺、この三週間の仕事……毎日超楽しかったですよ」

歯を見せて笑った蒼衣に、振り返った凪の瞳《ひとみ》から、つー……っ——と綺麗《きれい》な雫《しずく》が零《こぼ》れた。蒼衣はギョッとして肩を跳ね上げる。

「な、なんで⁉」

「あっ、違いますこれは……！　み、水抜きしてなかったから海水が出て来ちゃったんだと思います！」

「目から⁉」

動揺が運転に表れたのか、慌ただしく車が左右に揺れた。対向車がいなかったのが幸いだった。間もなく車は長いトンネルを抜けた。蒼衣の家までもう半分もない。

「あ……あの、蒼衣君」

「はい？」

「……すみません、やっぱりなんでもないです」

凪は何度も小さな口を開いては閉じを繰り返し、やがてギリギリ聞き取れるかどう

かの微《かす》かな声で、

「明日のショーが終わったら、きっと蒼衣君は……すごい人気者になると思います」

そんなことを呟《つぶや》いた。

「そ、そうですかね？　ずっと水中から出てこないトレーナーなんておかしいと思いますけど」

「蒼衣君は分かってないんですか！　ビビの前を泳ぐあなたの姿がどんなに……」

頬を真っ赤に上気させて怒った凪は不自然に言葉を切って、冷房の勢いを一段階上げた。

「とにかく明日のショーが終わったら、蒼衣君は女の子にチヤホヤされたり、連絡先を渡されたりするんです」

「ぐ、具体的ですね。それはまあ嬉《うれ》しいですけど」

蒼衣の反応のどこが気に入らなかったのか、凪ははあっ、とため息をついた。

「あ、この住宅街です。入っちゃったら転回難しいんで、ここでいいですよ」

名残惜しさを感じつつも凪に礼を伝える。車を止めた彼女は何か思いつめたように険しい顔をしていた。

「今日はありがとうございました。家逆方向とかじゃなかったですか？　気をつけて帰ってくださいね」

ドアを開けて降りようとした蒼衣の右腕を、熱い手のひらが摑《つか》んで制した。時が停止したのかと思うほど、その一瞬は長く長く感じられた。

ドギマギしながら振り返ると、凪が蒼衣の方へ体を精一杯捻《ひね》って、火照った泣きそうな顔で蒼衣を見つめていた。

「明日はビビの命運が決まる大事な一日です。だから、お返事はいらないので……その代わり同僚権限で抜け駆けを許してください。私、蒼衣君のことをお慕いしています」

約二十三年生きた中で、それは指折りの衝撃だった。その幸福感は例えば電流や爆発のような勢いではなく、水が柔らかく満ちていくように、ゆっくり蒼衣の全身に浸透していった。

こういうとき言葉が出ないのは、文字通り溺《おぼ》れているからだ。蒼衣はパクパクと酸欠の金魚のように口を開閉し、ようやく僅《わず》かに落ち着くや否や悲鳴に近い声を上げた。

「な、なんで!」

「なんでって……」

「いつからですか!」

「……恥ずかしいです、教えません」

ゆっくり満ちていった幸福の水は、最高点に達すると津波のように蒼衣を真上から叩《たた》きつけた。やっぱり言葉は出てこない。ただ、凪に触れたい。その衝動だけが抑えられなかった。

けれど蒼衣は全精神力を使ってその衝動を叩き伏せた。

「あ……明日！　ショーが終わって、全部終わったら、返事しますから！」

「……はい。待ってます」

彼女の笑顔に、蒼衣は夢見心地で頷《うなず》いた。ドアを開けて外に出る。クーラーの効いた車内との温度差でずいぶん蒸し暑く感じた。明日も暑くなるだろう。

Uターンして蒼衣に運転席側を近づけた凪は、窓を全開にすると気の抜けたような笑顔で蒼衣を見上げた。

「大事な日の前にごめんなさい。なんだか今日を最後に、蒼衣君が遠くへ行ってしまう気がして……」

途中でハッと言葉を飲み込むと、凪は赤みを増した顔をしかめた。

「明日、最高のショーにしましょうね」

「……はい」

今なら一時間だってぶっ通しで潜ってみせる。力強く頷いた蒼衣に、凪は「おやすみなさい」とぎこちなくはにかんで車を発進させた。何度も交わしたはずなのに、そのおやすみはまるで初めて聞いたような音をしていた。

地に足のついていない足取りでフラフラと住宅街の坂を登りながら、蒼衣は緩やかに実感を噛《か》みしめる。あの日、涼太と二人でこの坂を登って家に帰ったのが遠い昔のように感じられた。

ビビは泳げるようになり、ずっと憧《あこが》れていた人に告白された。この夏ほど幸せな季節がこれまで一度でもあっただろうか。

笑いを抑えられなくなって蒼衣は駆け出した。拳《こぶし》を握って雄叫びを上げる。体が羽根のように軽かった。蒸し暑さも吹き飛ばす爽快《そうかい》な気分に背中を押されて、蒼衣はスキップ混じりに走った。

——プツン、と電源が落ちた。

「……ぉ？」

時間を盗まれた。そんな感覚だった。上り坂を景気良く走っていたはずが、次の瞬間その坂に体を横たえていた。側頭部から受け身も取らず着地したらしく、思い出したようにズキズキと傷口が痛み出す。

傾いた夜の街を虚《うつ》ろに見つめながら、蒼衣は漠然と足元に忍び寄る冷気のようなものを感じた。頭がうまく働かない。強烈な眠気が脳を侵食する。吐き気がする。

ほんの数秒で、それらの症状は夢だったかのように消失した。蒼衣は動揺しながらも立ち上がり、痛むこめかみを手で押さえる。

目の前が一瞬真っ暗になった。光も音も消えて、まさに電源を落とされたような――

この症状に蒼衣は覚えがあった。ダイバーなら多くが経験し、戦う存在。

しかし今、蒼衣は陸地を走っていただけだ。

「〝ブラックアウト〟……地上で……？」

背後に、鈍色《にびいろ》にギラつく鎌を背負った黒い影を見た気がして、蒼衣は即座に振り返った。当然そこには、夏の闇夜に塗り潰《つぶ》された下り坂があるだけだった。

5

アラームを解除したにもかかわらず、蒼衣はいつもと同じ時間に目が覚めた。

八月二十六日、日曜日。午前六時五十分起床。生活リズムというのは恐ろしいものだ。大吉がたまに帰ってきた日まで毎日六時に起きていた理由が、蒼衣はようやく分かった気がした。

二度寝しようにも気分はスッキリしていて、昨日不可解なブラックアウトに襲われたのが嘘のようだ。いっそいつも通り朝イチで出勤してやろうかと思ったが、今は少しでも体を休めるのが務めと思い直し、ごろんと仰向けに寝転がる。

暇だ。

蒼衣の部屋に娯楽の類《たぐい》はほとんどない。本も漫画もゲームも、テレビさえ置かれていない殺風景な部屋だった。海さえあれば何もいらなかったから、蒼衣は潜る以外に暇のつぶし方を知らない。謹慎中に初めて気づいたことだった。

新しい趣味を、見つけてみようか――そんな風にふと思ったのはなぜだろう。仕事が充実しているというのに趣味を探したいと思うのはなんだか矛盾している。

けどきっと逆だ。ドルフィントレーナーという仕事を深く知るにつれ、その魅力を少しずつ感じられたから蒼衣は信じられるようになった。

まだ蒼衣が知らないだけ、出会っていないだけの感動は、この世にいくらでもあるのだろうということを。

「……いよいよ、今日か」

天井を睨《にら》んだ蒼衣の目は鋭くも、余裕があった。

今日のショーでビビに商品価値があるとオーナーに証明できなければ、ビビを救う水槽は設置されない。そうなれば、いくらビビが蒼衣のついている間は泳げるようになったとは言えども、彼女の命はそう長くもたないだろう。

そうはさせるものか。ビビは仲間で、相棒で、親友だ。絶対にそんな死に方はさせない。たとえ別れの日は来るんだとしても、それまでに尽くせる手は全て尽くして抗ってやる。

ただなにより――今日は二人の夢が再び叶《かな》う日だ。ショーが始まったなら、成功させるという強い気持ちだけ残して、後は難しいことなんて考えなくていい。

思いっきり楽しんでいこう。

興奮してますます眠れなくなった蒼衣はベッドから起き上がり、シャワーを浴びようと一階に降りた。時刻は七時四十分。リビングに入るなりジュワァァ……と何かを景気良く油で揚げる音が聞こえて戦慄《せんりつ》する。

まさか――

「あ、おはよう蒼衣！　今日は絶対に勝てるように、お母さんカツカレーとカツ丼とそれからシンプルにカツを揚げるからね！」

キッチンで上機嫌に夥《おびただ》しい量の豚肉を揚げている母の夏子に、蒼衣は「だからショーに勝ち負けはないって……」とさえ言えなかった。なぜ前回の果敢なメニューに加えてシンプルにカツを揚げようと思ったんだ。買い込みすぎだろ他の食卓に豚肉足りてる？

シャワーを浴びる気分でもなくなり、蒼衣はテーブルについて戦々恐々と料理の完成を待った。夏子は基本的に料理の腕は確かで、作る食事は全て絶品なのだが、献立に大きな課題が残る。

テーブルに所狭しと置かれた、たとえ夕飯でも遠慮したい朝食を家族三人で囲む。

さすがの大吉もこれには頬を引きつらせた。

「母さん……どうしてシンプルにカツを……」

絶句していた大吉がどうにか振り絞ったのがそれだった。夏子は首をかしげる。

「この間のショージャ蒼衣がミスっちゃったから、お母さん責任感じちゃって。今度こそ成功しますようにって」

気持ちだけは本当にありがたい。なるほどこれがありがた迷惑か。

蒼衣と大吉は目を合わせると、健闘を祈り合うように目を伏せた。悪気なく、むしろ自分のためを思って作ってくれた食事だ。米粒ひとつでも残してはならない。男二人は強く共鳴し、一つ大きく深呼吸すると同時に箸を取った。

シンプルに揚げたカツをおかずにカツカレーとカツ丼をかっ込む。

たっぷり三十分かけて激闘に勝利した蒼衣と大吉は、顔を青くして机に伏した。夏子が嬉《うれ》しそうに手を合わせて食器を洗いに行く。

「はい蒼衣、これ」

机に座って大人しくゆっくり水を飲んでいた蒼衣に、洗い物を終えた夏子が何かを差し出した。

中学生の時からお馴染《なじ》みの風呂敷《ふろしき》に包まれた大きな弁当箱。蒼衣はなぜだか普段とは違う、感慨深い気持ちでそれを受け取った。

「あのさ、母さん。毎日美味《うま》い弁当作ってくれてありがとう」

何気なく滑り出た本音に、夏子は雷に打たれたように固まった。

「な……なんだよ」

「だって……高校の卒業式の時だって言ってくれなかったからぁ！　一生言ってもらえないと思ってたからぁ！」

泣き出してしまった母に蒼衣の方がしどろもどろになる。そうか、普通は卒業式の日に言うものなのか。

「ごめん……我ながら遅いけど母さんのありがたさに最近気づいたっていうか。今日は見に来てくれるんだろ。精一杯やるから、俺。水の中にいて見えにくいかもしんないけど、見てて」

余計に夏子が大泣きしてしまって居心地悪くなった蒼衣は、結局予定より一時間も早い電車で出勤したのだった。

＊＊＊

「……あ」

海鳴駅から歩いて職場に向かった蒼衣は、関係者専用出入り口の前に、母親に付き添われて見覚えのある少女がしゃがみ込んでいるのに気づいた。思わず足が止まる。

蒼衣の姿にまず先に母親が気づき、凛を立たせてから深々と頭を下げた。蒼衣はワケが分からないまま、頭を下げ返す。

「おはようございます。すみません、この子がどうしてもあなたに会いたいというものですから」

「お、おはようございます。もしかして、ずっと待ってたんですか？　……朝から？」

「今日がお昼からご出勤だと知らなくて……お気になさらないでください、駅前で時間をつぶしていましたから」

凛の母親はなんてことないようにそう言ったが、本来出勤予定だった時間よりまだ一時間以上早い。実際はほとんどここで待っていたのだろう。母親も凛も、なぜそうまでして自分に会いたかったのか蒼衣は見当がつかなかった。

「ほら」と母親に背中を叩《たた》かれて、凛が蒼衣の目の前に飛び出す。頬を膨らませ、唇を尖《とが》らせて蒼衣を少しばかり見上げ、目を逸《そ》らす凛は、ふてくされているような、反省しているような、子どもらしい表情をしていた。

「……ビビのこと、聞いたよ」

凛がそう切り出して、蒼衣はハッとした。

『盲目のイルカ、ビビ』。その存在を海鳴水族館は、一週間前に公開したのだ。

広報部もホームページで大々的に今日の『盲目のイルカショー』を宣伝し、その話題性は数日前に地元の新聞でも取り上げられた。蒼衣とビビの連携が十分完成したところで情報解禁に踏み切ったのでほとんど直前の宣伝となったが、それでも今日の来場者数はピークのお盆休みを上回ると予想されている。

イルカの重い病気や怪我は、普通、回復するまで公にはしない。いざ亡くなってしまって初めて、そのイルカを愛してくれていた人たちのためにも、情報を公開して哀悼する。

今回、海鳴水族館が例外的にビビの情報を公開したのは、今やビビの盲目はなんらネガティブなものではないと判断されたからだった。全く前例のないメロン器官の内部崩壊は学者の間でも注目の的となり、大勢の関心が海鳴水族館に集中することになった。

ビビのハンディを謳《うた》い文句に使うのは、当初意見が真っ二つに分かれた。結局「ビビの頑張りを知ってほしい」「ビビの商品価値を示すとオーナーに約束した以上やむを得ない」「ハンディを抱えた人たちに勇気を与えられるかもしれない」などの意見に後押しされて、全面的に〝盲目のイルカ〟を売り出す形になった。

そして、注目を集めたのは、ビビだけではなかった。蒼衣もまた、極めて前例のない『イルカの盲導トレーナー』として集客に一役買っている。海鳴水族館の、ビビの大ファンである凛の耳にこの情報が入っていないことの方が考えにくかった。

蒼衣自身、この情報を公開することが決定したとき、一番最初に浮かんだのが凛の顔だった。ただ、今日ショーを見に来てくれるとは、まして自分に会いに来てくれるなんて、思いもしなかった。ビビの症状を知ったこともショックだったに違いないし、蒼衣はもしかしたら最初のファンになってくれたかもしれない彼女を、あの日徹底的に失望させてしまったのだから。

「……凛、ひどいこと、いっぱい言ったなって思って。どうしてもあやまりたかったから」

小さな口から飛び出したのは意外な言葉だった。蒼衣は凛がまだビビのファンでいてくれたことに、心底救われた。

「謝るのは俺の方だよ。あの日、突き放すようなことしてごめん。俺もずっと謝りたかった。けど凛みたいに会いに行く勇気は出なかった。凛は強いな」

素直にそんな言葉が出た自分も、随分変わったと思った。涙目で顔を上げた凛の小さな頭に、蒼衣は手を乗せ、しゃがみ込み、目線を合わせる。今度は心から笑うことができた。

「もう一度だけ、チャンスをくれよ。凛が俺とビビのこと、かっこいいって言ってくれるようなショーにするから。一番前の席で、見ててくれ」

凜は頷《うなず》いたが、その瞳《ひとみ》は不安げに揺れている。ビビの症状は知っていても、実際にその姿を見るのは今日が初めてになる。怖い気持ちは、よくわかる。蒼衣も小さいころ、祖父が突然倒れたと聞かされたとき、心配でたまらないのにお見舞いに行くのが怖かった。

蒼衣は歯を見せて笑い飛ばし、豪快に凜の髪をくしゃくしゃにする。

「大丈夫だって！　怖くないよ。ビビは今日、完全復活するぜ。そんな顔してたらビビが怒るぞ。すごいすごいって騒いでくれるのが、ビビは一番好きなんだからさ」

「……うん」

凜は余計に泣いてしまったが、そのまま笑って、強くうなずいた。本当に、強い女の子だと思う。凜の母親まで泣いていた。きっと家族ぐるみで海鳴水族館を愛してくれていたのだろう。この人たちのために働いているのだと思うと、改めてこの仕事に惚《ほ》れ直す。自分の夢が誰かを幸せにするなんて、こんなに素晴らしいことはない。

「じゃあ、いってきます」

また深々と頭を下げる母親と、鼻をすする凜にそう声をかけて、蒼衣は二人を追い越して職場の入り口に手をかけた。

「が……がんばって！」

身を乗り出すように叫んだ凜を振り返って、蒼衣はにかっと笑う。

「余裕！」

それでようやく、凛は初めて年相応の可愛らしい笑顔になった。

＊＊＊

「おはようございまーす」

おはようには少し遅い時間だったが、出勤時の挨拶《あいさつ》はやはりこれがしっくりくる。

トレーニングプールには三人ともがいて、蒼衣を見るなり顔をほころばせた。

「おはよう。あ、凛ちゃんとお母さんには会ったかい？　蒼衣君に会いに朝いらしてたんだけど……」

「はい、さっきそこで。なんかパワーもらっちゃいました」

「いよいよだなァ。楽しんでいけよ」

海原と黒瀬が蒼衣の元に駆け寄る中、凪はその少し後ろでもじもじしていた。うまく輪に入れないでいる。目が合うなり、蒼衣はどんな顔をしていいか分からなくなって逸《そ》らしてしまった。

「体調は万全かい？」

聞いて来た海原に、蒼衣は自然な間を開けて答えた。

「完璧《かんぺき》です。なんなら今日もいつも通りのスケジュールでいいのに」

「ははは、頼もしいけど、今日は一球入魂でいこう」

海原の言う通り、今日のショーは事前に告知をして、十四時半からの一回のみというスケジュールになっている。

蒼衣の体力的にもビビの集中力的にも、いつも通りの回数ショーをこなすのは現実的ではなく、かといってビビを抜いたショーを混ぜると他のイルカたちが混乱する可能性がある。源治の指定した十四時半からの三十分に全力を注ぐべく、このようなスケジュールになった。

その分、ショープールの前は客席を大幅に臨時増設していた。今日はイルカチームに留《とど》まらず、海鳴水族館の命運を分けると言っても過言ではない日だ。

「……その割には、あまり緊張してないみたいじゃねえか」

「俺には観客の姿がほとんど見えないですからね。案外リハと同じ感じでやれそうです。イルカもこんな気持ちなのかも」

「図太くなったもんだなぁ」

呆《あき》れたように黒瀬が笑う。実際、緊張感は程よく頭の中はフラットだった。今までのどのショーよりも、必ずうまくできる確信がある。それを裏打ちするだけの努力を積んできたのだから。

ビビのケージに歩み寄った。ビビは蒼衣の姿を見るなり、普段とは明らかに違う雰囲気で挨拶を寄越してきた。さすがに緊張しているのかと思ったら、違う。

「はは……待ちくたびれたって？　悪かったよ、ちょっとカロリーの化け物と戦ってたんだ」

本当に図太いのはどっちだか。どうやら、この友人に似てきてしまっているらしかった。

「あの……蒼衣君」

いつの間にかすぐ横に来ていた凪に呼ばれて、蒼衣は飛び上がりそうになりながら振り返った。

「お、おはようございます」

「体、本当になんともないんですか？」

真っ直ぐな視線に射抜かれて、ほんの一瞬、硬直する。

「……どうして？」

「さっき海原さんに聞かれたときの答え方が、なにか変だったから」

うまく応《こた》えられたつもりだったのに、それが逆に不自然だったのだろうか。

「全然なんともありませんよ、ほんとに。それより今日の夜予定空けといてくださいね」

「えっ……!」

「返事するって言ったじゃないですか。俺着替えてきます」

お茶を濁し、凪が動揺している隙をついてその横をすり抜けると、蒼衣はそそくさと更衣室に入った。

昨日は少し疲れていたのだろうが、今は本当になんともない。余計な心配をかけてショーに影響が出ることの方が怖かった。本番のたった三十分ぐらい、辛抱できないはずは――

視界が暗転する直前、今度は前触れを察知できた。倒れこむ方向を床からロッカーに修正した。体当たりするような勢いで肩からロッカーに激突し、派手な音が鳴る。膝《ひざ》をついて、荒く細かい息を繰り返しながら手のひらで顔を覆った。動悸《どうき》が信じられないほど早い。

「……ふざけんなよ、ここにきて」

目がぼやける。くわん、くわん、と脳が直接揺れているような気持ち悪さ。ぎゅっと目を固くつぶると、こめかみの奥が釘《くぎ》を打ち込まれるように痛んだ。

一日しっかり休んだはずなのに、またこれだ。地上でのブラックアウト現象。まるでプラグを抜かれたみたいに視界が突然真っ暗になって、全身の機能が一瞬停止する。

ショーが失敗する――その予感が初めて蒼衣を包んで心に細波《さざなみ》を立てた。大きく宣伝して集めた大観衆の前で、盛大に啖呵《たんか》を切ったオーナーの前で、ショーは物の見事に崩壊する。それ見たことか、そのイルカはもうダメなんだと嘲笑《ちょうしょう》され、そしてビビは……蒼衣に失望するだろう。

深く、深く、深呼吸をして、蒼衣は必死で呼吸を安定させようと試みた。昨日よりも回復に随分時間がかかる。焦ってはダメだ。余計に心拍が乱れる。そう言い聞かせても、理不尽に対してやり場のない苛立ちは抑えられなかった。

マシンガンのように早まる鼓動。揺らぐ視界。杭《くい》を打たれるような頭痛。誘発される吐き気。耳鳴り。症状が昨日の比ではない。自分の身に、一体何が起きている。

この三週間、人間では考えられないような長時間蒼衣は水の中にいた。分かっているさ。これはその代償なんだろう。そんなの覚悟していた。そんなの、いくらでも受けてやるつもりだった。でも今じゃないだろう。どうして明日《あした》まで待ってくれない。ビビには、今日しかないんだ。

蒼衣の憔悴《しょうすい》しきった両眼に、危うい光が灯《とも》る。

「……命を賭《か》けるって、言ったもんな。望むところだよクソったれ」

6

ショープールに到着するなり、汐屋源治はうねるような人の波でごった返す客席を目の当たりにして目を見開いた。

道中、車内のラジオが報《しら》せていた今日の最高気温は三十七・六度。午後二時を過ぎた今の気温はそれにほぼ近しいはずだった。気を抜けば死人が出るような猛暑日だ。にもかかわらず、この人の数は凄《すさ》まじい。ショーの開始を待ちわびる喧騒《けんそう》が大気を揺るがすようだった。

メロン器官という致命的な機能を失ったにもかかわらず、ショーの出演を目指すという美談が人々の琴線に触れたのか、満車の駐車場には県外ナンバーも目立ち、ホテルの予約を取るにも苦労したほどである。

圧倒されて足を止めていた源治に、初老の男が声をかけてきた。

「汐屋オーナー、お待ちしておりました。お忙しい中ご足労痛み入ります」

海鳴水族館の館長、鯨川だった。

「あ、ああ……構わないよ。ウチの水族館にこれだけ人が集まっている光景を見られただけでも来た甲斐《かい》があったというものだ。もっとも……肝心のショーが成功しなければ何もかも水の泡だがね」

目を細めた源治に、鯨川はゆっくり首を縦に振る。普段から源治に頭の上がらない、気の弱い男だったはずの彼が、今日は妙に落ち着いていた。

「……彼の調子はどうですかな？　ほら、私に向かって威勢良く啖呵《たんか》を切ってみせた、あの青年は。イルカの盲導犬になるとか言っていましたが」

鼻で笑いそうになるのを堪《こら》えて源治は問うた。あんな妄言を未《いま》だに真に受けている自分が我ながら滑稽《こっけい》にも思えた。彼はあの後、海原あたりにこってり説教をくらったことだろう。

半ば戯れの約束だったが、ビビとその盲導トレーナーの情報が一週間前に公開され、そして先日本当に、鯨川から指定通りの日時にショーをするので来てくれと連絡があったときは正直驚いた。どんな方法を思いついたのか知らないが、本気であのイルカを舞台に上げる気らしい。

「私も彼とビビの演技を見たのは一度だけです。練習風景をこっそりとですが。それを見て私は……今まで何を見て来たのかと頬を張られた気分になりました」

糸目を開いた鯨川の鋭い眼が、刺すように源治を捉《とら》える。

「生き物の持つ無限の可能性を見せつけられた瞬間でした。彼とビビを誇りに思います。ああ……始まる前から野暮でしたな」

鯨川は仙人めいた調子で穏やかに笑った。まるで人が変わったようだと、源治は不気味に思った。

「……それは楽しみだね」

鯨川の案内で、源治は客席の上部に案内された。仮設の屋根がついた特等席だ。高い位置から、広いプールを一望できる。浜風も心地よく、悪くない席だった。

広々としたプールを漠然と眺めていた源治は、客席よりも向こう側、丁度プールを両サイド真横から挟むように、青い派手なハッピ姿の屈強な男たちがぞろぞろと二手に分かれて集合していくのに気づいた。

男たちがそれぞれ担ぐ、真っ赤な鯛《たい》や黒く雄々しい鰹《かつお》などが意匠化された、派手な色彩の大漁旗が浜風に靡《なび》く。さすがに目立つので観客もざわめき始めた。

「……館長、あの連中は？」

「ああ、地元の漁協の青年団ですよ。ショーを盛り上げたいと申し出てくれまして。ビビの特訓に際しても力を貸してくれたようで、断りきれませんでね。旗を振るぐらいならと許可したんです」

「ふうん……」

源治はガラの悪そうな漁協の青年団をさして興味もなく見下ろした。

それにしても地元の団体とこんな風に連携することがこれまであったろうか。

この水族館に出資を始めてもう二十年以上経つが、源治はまるで全く知らない場所にショーを見に来ているような錯覚を起こしていた。

果たして、時刻が二時半を迎えた。軽やかなBGMが流れ始めると同時、漁協の男たちが気合い一閃《いっせん》、一斉に身の丈を超える旗を振り上げる。

風を受けて乱舞する鮮やかな色彩に、それまで青年たちを怪訝《けげん》そうに見守っていた観客たちが熱狂する。腰を落とし、一糸乱れず大漁旗を操る男たちの動きは洗練されていた。

ショーは源治の知るどれよりも、盛大に開幕した。間もなくステージの向こう側から、満面の笑みで一人の男が飛び出した。水泳選手のような肉体を海鳴水族館のウェットスーツに包んだ海原である。

「どうもー！　皆さんこんにちは、本日は海鳴水族館にご来館いただきまして、まことにまことに、ありがとうございます！　今日は全国、いや、全世界初公開！　海鳴イルカチームの特別公演を、ぜひ最後まで楽しんでいってくださーい！」

源治が海原の進行している姿を見るのは五年以上ぶりになるが、全力だった。持ち前の愛想の良さと軽快さは変わらず、その上でこのショーにかける強い気持ちが前面に現れている。その迫力には思わず圧倒された。

「今日はすごいお客さんの数ですね。皆さんのおめあてはやはり彼女でしょうか。せっかくですから、当館自慢の他のイルカたちの頑張る姿も、しっかり目に焼き付けて帰ってくださいねーっということでいきなりいきまーす！」

ごうっ、と唸《うな》りを上げる水面。天を衝《つ》くような水柱を上げて、四頭のバンドウイルカが高空を舞った。六メートル以上は到達しただろうか。不意を打たれた総勢百を越える観衆から歓声が迸《ほとばし》る。

その巨体が着水すると、大量の水しぶきが客席に向かって降り注ぐ。打ち水と同じ原理で、イルカショーが始まると周辺の気温がすうっと冴《さ》えるように低下する。

源治はビビの姿を探していた。海鳴のイルカの数は五頭のはずだ。海原の言葉から読み取っても、今ジャンプした中にビビはいないはずだった。源治の目で確認できる限り、着水して水中を泳いでいる影は四つ。

海原と同じ場所から飛び出して来た、金メッシュの男と、娘の凪がイルカたちに餌を与えていく。一人二頭ずつ受け持つようだ。

そんなことより、ビビはどこにいる。

まさかここまで派手に宣伝しておいて、出さないつもりか——源治が訝《いぶか》しんだ直後だった。

「それではいよいよ、登場していただきましょう。僕がせーのって言ったら、皆さん大きな声でビビちゃーんと呼んでくださいね。いきますよー、せーのっ！」

ビビちゃーん、と疎《まば》らに叫んだ観衆を海原が真顔で見渡す。

「そんなんじゃビビちゃん寝ちゃいますよ。もう一回いきますよ、せーのっ」

最初に比べて三倍以上に声量は上がったが、海原は首をかしげる。

「頑張ってたのは子どもとお父さんたちだけですね。女性陣も頑張っていきましょう、せーのっ！」

爆笑に包まれる客席が今度こそ一丸となって大声を張り上げる。茶番だが、ショーには必要なのだろう。源治はどこからビビが登場するのかと水中に目を光らせたが、どういうわけか何も現れない。

不審に思って海原を見ると、目が合った。愉快なお兄さんを装っているが、源治を射抜く鋭い目は笑っていない。思わずゾクッとするほど、意地悪い目だった。

「あそこの特等席に座ってる素敵なオジサマだけ、まだ声出してなかったなぁー。全員の声が合わさらないとビビちゃん一生出てこないですよー」

——あの野郎！

ぐるん、と客席全員の目が一斉に源治を振り返った。お前のせいでショーが進まない、と恨みがましげな百の視線に刺され、さしもの源治も針のむしろに座らされた気分になる。

「今度こそ最後にしましょう！　皆さんあのオジサマがちゃんと声出してるか見張っ

てください ね！　あれ実はウチのオーナーなんですけど、きっと見本になるような声出してくれると思いますから！」

謀られた。屈辱で鉄面皮が剝《は》がれ落ちる。

あの日の会議ではやけに大人しかったのに、油断していた。頭ではずっと自分に恥をかかせるやり方を考えていたのだ。胸ぐらを摑《つか》むよりよっぽどタチの悪い男である。

「それじゃ行きますよー！　せーーーーのっ！」

百の視線が集中する中、源治に逃げ場などなかった。源治はやがて、蚊の鳴くような声で叫んだ。

「ビ……ビビちゃーん……」

殺してくれという静寂をたっぷり数秒取ってから、海原は真顔で頷《うなず》いた。

「うん、まぁいいでしょう。ビビちゃんカモーン」

ぷふっ、と隣で鯨川が吹き出した。

――地鳴りのような大歓声が、羞恥でゆでだこのように赤面していた源治をハッと我にかえらせた。

広大な楕円《だえん》形プールの左端。このショープールとトレーニングプールとを繫《つな》ぐ水中トンネルの出口がある場所だ。そこから二つのシルエットが、並んで姿を現していた。

一つはイルカ。そしてもう一つは、線の細い人間のもの。

「……本気なのか」

源治の声は掠《かす》れた。

愚かなことを。人間は一分息を止めるのも精一杯な動物だ。イルカを先導するなんて、それが不可能なことぐらい容易に想像がつくだろう。

源治は膝の上で拳を握った。理屈はそうだった。こんなショーが成功するはずがない。それなのに、「ビビの目になります」と言い切った男に、どこかで根拠のない期待を今日まで抱かされている自分が、源治は不愉快だった。

水面から顔を出す、イルカとトレーナー。あれがビビか。そして――潮蒼衣。蒼衣は観衆に手を振るのもそこそこに、空一点を見つめて規則的に呼吸を繰り返している。力を、限界まで蓄えるように。

「彼女がビビちゃんです。先日、彼女はメロンという重要な器官を傷め、水中の障害物を把握することが全くできなくなりました。イルカの水中での視力は非常に悪く、また、イルカの目は正面を見るようにできていません。ビビはもう泳げない。……そう獣医に言われました」

無垢《むく》な顔を水面に出すビビに対して、客席からなにか憐れむような眼差しが注がれる。

その時、突然ビビが大きく飛び跳ね、半身以上を水面から出しながらヒレをパタパタさせて観衆に手を振ってみせた。テイルウォーク。その活発で愛らしい姿に、きゃあ、と若い女性たちから黄色い歓声が上がる。

直前に蒼衣が何かサインを出していたのを、源治は見逃さなかった。なるほど顔を水から出している時なら、ハンドサインで十分指示が出せるだろう。

「この通り、ビビは元気です。しかし最初は、水に入れただけで暴れ出し手がつけられない有様。そんな彼女を救うために名乗りを上げたのが、このお兄さんでした」

海原は粛々と語る。その内、何かいろんなことを一気に思い出してしまったように、穏やかだった表情をくしゃっと歪《ゆが》めた。よく通る声が僅《わず》かに震え、潤んでいく。

「……彼は、『俺がビビの目になります』と言いました。自分が盲導犬の役を引き受けて、ビビが再び、こうして皆さんの前で泳げるように……命を賭《か》けると」

源治は海原の語りの巧《うま》さに感心していた。蒼衣があの日示した「美談の付加価値」を海原は最大限生かし、ショーの起爆剤として用意した。

それ故に、最悪だ。

ここまで盛り上げられていざ醜態を晒《さら》す姿など、蒼衣のことは気に入らない源治でも想像したくない。

せめて海原の手腕によって、どんな不甲斐《ふがい》ない演技になっても後味の良い終わり方にしてやって欲しいと思った。なによりも、海鳴水族館のために。

「……それでは……ビビがここに蘇《よみがえ》る瞬間を、ご覧ください」

最後は感極まったように声を詰まらせて、海原はマイクを切った。BGMがミニマムに絞られる。水を打ったように静まり返る場内。空を裂くように振られていた旗が、ピタリと制止する。

耳が痛くなるほどの静寂の中で——すぅ——————……っ、と、微《かす》かに風の音がする。

目を閉じ、天を仰いだ蒼衣が、空気をゆっくりと吸い込んでいる。十秒……二十秒……とても長い時間をかけて。会場中の酸素を肺に取り込まんばかりに。

息を吸う、ただそれだけの光景に、観客の目を釘付《くぎづ》けにするほどの魔力があった。

やがて、口を閉じ、ビビと一度目を合わせた蒼衣。そして見る者の方が焦るほど景気良く、二人は同時に水中へ顔を没した。

海原が話していたように、水に入ればビビの目はほとんど機能しない。すぐ隣にいる潮の姿さえ瞬く間に見失ってしまうだろう。そんな中、どうやって——

なんの躊躇《ためら》いもなく、蒼衣がプールの壁を蹴飛《けと》ばした。

それは源治も、観客も、ビビさえも置き去りにするロケットスタートだった。あっという間もなく蒼衣はビビの微かな視界の外に抜け出し、尚《なお》も人間とは思えない猛スピードで水中を翔《か》ける。

バカな、血迷ったのか。失望と怒りで源治の顔が熱を帯びた矢先、予想だにしないことが起きた。

ビビが、前進を始めた。

それも恐る恐るではない。蒼衣のように壁を蹴《け》っての急加速はできないまでも、尾ビレを目いっぱいに動かして見る見る加速をつけていく。

蒼衣の描いた軌跡を寸分たがわず辿《たど》り、瞬く間に、追いついた。

「しゃぁッ!」

行方をじっと見守っていた青年団の、湿った雄叫びが爆発した。色鮮やかな大漁旗が再び右へ左へ踊る。

犇《ひしめ》くような大観衆は一様に声もなかった。ただ、為《な》す術《すべ》なく呑《の》み込まれる。ただの人間が、盲目のイルカを導いて泳ぐこの光景に。

ただ二人。最前列にいた派手な金髪の青年と少女が、ほぼ同時に柵《さく》に目一杯張り付いた。青年は満面の笑みで拳《こぶし》を突き上げ、少女は体を思いきり丸くして声を枯らさんばかりに、叫んだ。

「ぶちかませ、蒼衣ーッ!」

「ビビーーーっ！」

ぐんぐん、ぐんぐん、際限なく加速していく二つの影。

あの男は化け物か。この速度はもう、ビビと見分けがつかない。

何よりビビだ。前を泳ぐ潮との距離は数メートル離れている。ビビには正真正銘、彼の姿はおろか他のイルカたちも壁もなに一つ、見えていないはずだ。にもかかわらずまるで糸で結ばれたように、ビビは迷いなく潮の泳いだ跡を追っている。

とうとう我にかえった観衆の興奮が飽和して、喉《のど》を破らんばかりの咆哮《ほうこう》が会場全域を揺るがした。

——私は夢でも見ているのか。

魂の震えに導かれて、源治は思い出した。なぜ縁もゆかりもない水族館の出資を始めようと、二十年前に発起したのか。

まだ体調の良かった妻と、幼い娘を連れてここを訪れた。イルカショーを三人で見た。そうだ。妻子がこの場所をいたく気に入った。源治はこれほど彼女たちを喜ばせた記憶がなかった。それで……。

源治の頬を、とうに枯れたとばかり思っていた液体が伝って、潮の香りがした。

妻が永遠に旅立ったのは翌年だ。源治には、わずか三歳の娘ただ一人が残された。

一体どんなふうに彼女に接したらいいのか、仕事一徹の源治は〝父親〟を何一つ知らなかった。

海鳴水族館が閉館の危機に瀕《ひん》していることを耳にしたのが同じ頃。優秀な家政婦を追加で一人雇って凪の世話を彼女たちに全て任せると、源治は海鳴水族館の新オーナーに名乗りを上げた。

経営に明るい源治ですら、水族館の経営は暗中模索の日々であった。それでも幾度となく陥った閉館の危機を、その度どんな手を使ってでも、私財を切り崩してでも乗り越えてきた。

いつの間にか、なぜそうまで〝この場所〟に執着するのかを忘れてしまっていた。

あの日、源治が蒼衣に今日というチャンスを与えたのは、蒼衣の語る話に惹かれたからだ。突然会議に乱入し、場を一人でおさめ、唯一対等に自分と取引して見せた蒼衣の、自信に満ち溢《あふ》れた宣言を、源治は馬鹿にしながらも、心のどこかで「面白い」と感じた自分に抗《あらが》えなかった。

もし、仮に、万が一、彼の語る夢物語が実現したら。

それを見てみたいと、思ってしまった。妻の喜ぶ顔がほんの一瞬よぎった。ありえない、ゆとり世代の妄想だ、できるわけがない――蒼衣が力強く語る話を聞いて、あらゆる理性的な自分が、膨らもうとする期待を必死に否定した。それは、盲目となったビビを海鳴水族館の重荷と即座に決めつけ、迷いなく切り捨てようとした自分を、ひいてはこれまでの自分を、正当化するためだった。

人情で飯は食えない。自分は海鳴水族館を守らなければならない。水族館の存続のためには冷徹な判断もいとわない源治と、水族館の動物を家族のように愛するスタッフの衝突は、今回に始まったことではなかった。そのたびに源治は孤独を感じていた。「あの人は所詮《しょせん》経営者だから」「水族館で働いたこともない人間には分からないんだよ」「ロボットみたいだ、人の心がないのか」……陰口はたびたび耳に入ったが、どれも否定できないのが歯がゆかった。

それでも源治はオーナーを続けた。ただ、妻と娘の愛したこの場所を守るために。たとえ憎まれ役だったとしても、客観的に冷静な判断を下す自分の存在は、特にこういう組織には必要だと信じた。次第にスタッフからの評価も気にならなくなり、実際、海鳴水族館は源治の就任以降目に見えて経営を持ち直した。危機を一つ乗り越えるたび、源治は何かを証明した気になった。

しかし源治は、ここしばらく、輪をかけて冷酷になっていた。正しいという自負は、やがて自分と対立する水族館スタッフへの軽蔑《けいべつ》に変わった。動物への愛情故に時に冷静でいられなくなる彼らとの、バランスを取るために自分がいるのだと信じていたにもかかわらず。

彼らの言葉に耳を貸さず、ただ彼らを否定したいがために、もしかしたら早すぎる判断をしたことがあったかもしれない。源治は悪夢から覚めたように初めて自覚した。ビビのことも、早すぎる判断だった。それを今、潮とビビにまざまざと証明されている。

いつから間違っていたのだろう。海鳴水族館《コ　コ》に執着する理由も忘れて、本当に大切なことも忘れて、盲目なのは自分の方だった。

真に守るべきは水族館ではなく、あの日妻と娘が愛した、水族館に生きる者たちだった――

呆《ほう》けている間に、二人を見失った。どこだ。潤んだ目を凝らして、蒼《あお》い水面の向こう側に彼女たちを捜す。

「……ビビの…………完全復活です……！」

絞り出してとうとう嗚咽《おえつ》を漏らし、男泣きを始めた海原に笑いかけるように。

大観衆の湿った絶叫に押し上げられて、ビビはその身体を、晴天の夏空に誰よりも高く舞い上げた。

7

水圧から解放された鼓膜を、大歓声が震わせる。

ビビが大一番で過去最高のジャンプを決めたとき、蒼衣は初めて顔を水面に出すことができた。ビビが降ってくる前に急いで壁際に避難してからようやく最初の息つぎ。ダイナミックに着水したビビは、離れたところにいた蒼衣を正確に見つけると、勢いよく泳いできて蒼衣の胸に飛び込んだ。ビビを受け止めた瞬間、ひく、と頰が痙攣《けいれん》する。

バカ。感極まるには早過ぎるだろう。蒼衣は自分を叱りつけたが、この光景を前に為《な》す術《すべ》はなかった。

視界いっぱいを覆い尽くす、超満員の客席から降り注ぐ喝采《かっさい》。地鳴りのような歓声が、水を伝ってビリビリ蒼衣の体を痺《しび》れさせる。

あぁ、思い出した。

ずっと夢に見たのは、この景色だった。

どうにか涙までは堪えて、蒼衣は再び深く肺に空気を満たすと、口を引き結んでビビを見つめた。待ちくたびれたとばかりに噴気孔を鳴らしてビビは先に水中へ。蒼衣も一度目を閉じて気持ちを入れ直すと、再び顔を水の中に沈めた。

外の喧騒《けんそう》が、水に入るとプレスされたように薄く延びて沈下する。代わりにスピーカーから流れるBGMが水没した鼓膜を揺らす。

ここから先は蒼衣とビビだけの演技ではない。他の四頭と、黒瀬と凪、全員で作り上げていくショーだ。難易度は何倍にも高まる。

蒼衣は生きてきたどの瞬間よりも、幸福だった。もう不安などない。二人の夢は再び叶ったのだから。

今はこれからショーに挑戦していくことに対して、高揚感以外の何もない。

BGMが予定のタイミングに差し掛かった瞬間、蒼衣と全てのイルカたちが一斉にスタートを切った。

ビビは蒼衣のすぐ後ろをぴったり追従してくる。無論、彼女に蒼衣の姿は見えていない。蒼衣は左手に握った〝ある物〟を利用して、ビビに自分の居場所を伝えていた。

「ダイビングブザー」――ダイバー同士が水中のコミュニケーションに用いる警音器だ。

あの日ビビが聴覚を頼りに水面に上がった蒼衣の位置を特定した時、蒼衣はこのブザーを使って自分の位置をビビに教えられないかと思いついた。

名案だと思ったが、ことはそう簡単に運ばなかった。

翌日から早速網の中でビビにこれを試してみたが、最初ビビはブザーの音を酷《ひど》く怖がった。周囲にどんな障害物があるか全く把握できないビビにとって、何もないところから大音量が聞こえるのはかなりの恐怖だったようだ。

音量を下げたり、音の高さを上げてみたりして、ビビがなるべくストレスを感じない音を探したり、陸上で十分聞かせてから水中に移行したりと試行錯誤をするうち、どうにか音を怖がることはなくなった。

そして、根気強い反復訓練の末、とうとうビビはこの音がする方向に必ず蒼衣がいることを覚えた。ビビの生活が劇的に変わったのはそれからだ。

ビビは網の外に出ることができるようになった。音の鳴る方に泳げば蒼衣がいる。蒼衣についていけば壁にぶつからない。それらのことを覚えてからというもの、ビビはまさしく、蒼衣を盲導犬代わりに泳ぐ能力を獲得したのだ。

ところが今度は、いざ全体でショーの練習となってから、このブザーの音に他のイルカが反応してしまってショーどころではなくなるという事態に直面した。

この音の先に蒼衣がいるとビビに覚えさせるより、自分にとってこの音は何の関係もないと他の四頭に覚えさせることの方が、実は何倍も大変だった。凪たち三人の協力のおかげでなんとか理解させることができたが、それ以上に蒼衣には乗り越えなければならない最も高い壁があった。

ビビの盲導犬を担うに当たって、蒼衣は必然的に、イルカと同等の速度で、かつ、同等の潜水時間で泳ぐ必要に迫られたのだ。

ブザーの音についてくる以上、ビビは蒼衣を決して追い越せない。つまり健常だった頃のビビと少なくとも同じ速度を蒼衣が出せなければ、かつての力強いジャンプは取り戻せない。

それも、ただスピードが出せればいいという話ではなかった。ショーが始まれば、蒼衣は長ければ連続五分以上も無呼吸で泳ぎ続けなければならなくなる。

ラスト十秒にフィニッシュのジャンプを設定しようにも、蒼衣の体が保《も》たなければビビに加速を与えてやれない。

海原たちは加速が必要ない芸を中心にショーを組み立てようと言ってくれたが、蒼衣はどうしてもビビを完全に蘇《よみがえ》らせたかった。

スピードの方は、涼太が普段使っている〝フィン〟という足ビレを採用することで底上げできたが、潜水時間の方はひたすら練磨するしかない。ビビの訓練とは別に毎晩居残って水に潜り続け、僅《わず》かずつタイムを伸ばしてきた。

今の蒼衣は全速力で泳ぎ続けても連続五分以上無呼吸でいられる。「そろそろエラが生えてくるんじゃないか」と言った黒瀬は本気で引いていた。

——ついて来てるな、ビビ。まだまだ上げるぞ。

蒼衣は全身を駆け巡る興奮に身を任せ飛ぶように泳いだ。振り返らなくても分かる。もう、ビビは自由だ。

一時は暗く、黒く淀《よど》んでいた水中の世界は、今や初めてビビと一緒に泳いだ日の青を蘇らせた。

速度を上げるたび水が牙《きば》を剝《む》いて張り手のように蒼衣の額を叩《たた》きつけるが、歯を食いしばって更に加速する。

増していく水圧に耳が鳴っても、酸素が栓を抜いたように体から消えていっても、蒼衣はギアを上げ続けた。まるで自分がイルカになっていくようだった。

唸《うな》りを上げて泳ぐ蒼衣のスピードが、ついにイルカたちと完全にシンクロした。六頭のイルカは、等間隔を空けて時計回りに美しい真円を描く。力強い水流が生まれ、プールの中心に渦を作っていく。

今度は八の字。次は交錯。練習通りの芸を決めるたび、肺の空気が恐ろしいスピードで消費されていく。全身の細胞が酸素を補給しろと警笛を鳴らす。

まだだ。まだ顔を出すわけにはいかない。蒼衣は何もない口の中を無理やり飲み込んで最後の力を振りしぼると、無我夢中で水を蹴《け》った。

＊＊＊

このBGMのラストは、畳み掛ける三度の和音が彩る。そのタイミングに合わせて二頭ずつツインジャンプを決め、最後は——ビビと凪のイルカロケットで締める予定となっていた。

この演技をデザインしたのは蒼衣だった。凪は、なぜ飛ぶのが蒼衣ではなく自分なのか、と恐縮していたが、蒼衣が飛ぶわけにはいかない。

蒼衣はビビの盲導トレーナーだ。ビビが、蒼衣の力を借りて、蒼衣以外のトレーナーと演技を成功させる。そこに意味があるのだ。ビビが完全に蘇ったと証明する、最高の演出になる。

蒼衣の意識は風船のように、気を抜けば手を離れて行きそうな状態にきていた。慌てる必要はない。ここからが本当の忍耐の時間だ。

母の言葉も案外間違っていなかった。蒼衣にとってこのショーは、己に勝つか負けるかの勝負。

息はまだもつか？　もたせるに決まっているだろう。

蒼衣の目は、凪が美しい飛び込み姿勢で入水して来たのを即座に捉《とら》えた。彼女と目を合わせる。

お互い、力強く一度だけ頷《うなず》いた。

二度目の交錯を完璧《かんぺき》に決めて蒼衣とイルカたちは一列縦隊を編成していく。黒瀬が鋭く吹いた犬笛の音が蒼衣の耳にも微《かす》かに届いた。

その瞬間、ビビを除く四頭のイルカたちはこれ以上ない完成度で左右に弾《はじ》けた。迅速に二頭ずつのペアを組む。その光景に、力一杯背中を張られたように蒼衣の気持ちが引き締まる。

うちのイルカたちは最高だ。最大の功労者は彼女たちである。どうしてもビビに人員を多く割かざるをえないこの状況で、モモたちはそれぞれ自分の動きを完璧に記憶し、BGMと黒瀬の犬笛だけを頼りに確実に実行してくれる。

ビビのエコロケーションが使えなくなり、イルカ同士のコミュニケーションが取れなくなってしまった後も、モモたちはビビを自分たちのリーダーとして疑っていなかった。

ビビがショーに復帰した時の彼女たちの生き生きした姿は、今も蒼衣の頭に焼き付いて離れない。

一秒ごとに光が薄れ、霞《かす》んでいく視界に、一人だけ独立して泳いでいた凪の背中を確かに捉えた。

蒼衣とビビより僅かに水面に近い場所で、じっと蒼衣たちを待っている。蒼衣は空っぽの頬を膨らませ、ただ、凪の待つ場所を目指して遮二無二水を蹴った。

もう前しか見えない。けどそれで十分だ。他のことは、海原と、黒瀬と、凪と、モモたちと、そしてビビがしてくれる。

――俺は俺の仕事を、死んでもやり遂げるだけだ。

アップテンポに突入したBGMが終焉《しゅうえん》に近づく。いよいよクライマックス。苦しい時間も間もなく終わる。最後の、一踏ん張りだ。そう言い聞かせることで、ダメ押しに気力を奮い立たせる。

下から突き上げる軌道で凪に肉薄。ルートは見えた。蒼衣は睨《にら》むように凪を見上げた。彼女もまた、静謐《せいひつ》な瞳《ひとみ》で蒼衣とビビを待ち構えていた。

ビビをあそこまで、最高速度で送り届ける。それが蒼衣の最後の仕事だった。イルカロケットに必要な加速は蒼衣の全速力にほぼ等しい。

上等。ブザーを握る蒼衣の手に力が籠《こも》る。長い長いフルマラソンの、ゴールは目と鼻の先だ。

全身の筋肉に力を漲《みなぎ》らせ、斜め上にいる凪めがけて水を蹴とばそうとした蒼衣は、その瞬間、身も凍るような恐怖を覚えた。だがその予兆を直前に感じ取ったところで、結局蒼衣にできることなどなかった。

暗転。

何も見えない。何も聞こえない。全身を巡るなにかがプツンと切れて力が抜ける。

蒼衣はこれまでで最も長く、最も絶望的な、ブラックアウトに襲われた。

決して緩めまいと固く結んでいた唇が緩み、本能的に酸素を求めた結果大量に水を飲んだ。ガボッ、と勢いよく、蒼衣の肺に海水が流れ込む。

胸に裂けるような激痛。失速する。どんなに全力を絞り出しても、芯《しん》のない両脚からは蚊ほどの推進力も出ない。何も見えない。

死ぬ。そう思うほど余計に水を飲んだ。

苦しい。苦しい。苦しい苦しい苦しい――。

いっそ死んだ方が楽だと思えるほどの苦痛が喉《のど》を掻き毟《むし》っても、蒼衣はなぜか、空気を求めて上を目指そうとしなかった。

今にも無数の泡に変わって消えていきそうな意識を、剝《は》がれた端からかき集めるようにして、歯を食いしばって目を見開く。

息を呑《の》み期待してくれている観客の前に、最初に現れるのがゲホゲホ噎《む》せ返る自分だなんて、そんなの許されるはずがない。

あの水面をぶち破る役目は、ビビと凪をおいて他にいない。踏ん張れ。根性見せろ。浮くな！　嚙《か》み締めた唇が破れて、血が滲《にじ》む。

今日までビビと、皆と、どれだけ高い壁を乗り越えてきたと思っている。それなのにあとたった数秒が堪《こら》えられないのか。

まだ、泳げるだろう。

──当たり前だ！

消えゆく意識を最後の刹那《せつな》燃え上がらせたのは、ドルフィントレーナーとしての矜持《プライド》だった。全身の隅から隅まで力の残りカスをかき集めて、蒼衣は吠《ほ》えた。水中を駆け抜けるBGMがグランドフィナーレを迎える。

危うく手を離れて落ちていくところだったダイビングブザーを毟り取り、握《にぎ》り潰《つぶ》さんばかりにスイッチを押した。一度は蒼衣を見失っていたビビが、その音に反応して魚雷の如く背後から迫る。

ほんの一瞬でいい。ビビに負けない速度がいる。ビビと凪があの水面をぶち破れるなら、この後自分がどうなったって構わない。構わないから。

──動け！

不思議な感覚に包まれた。水と同化したように体が軽い。水の呼吸に合わせて、するりするりと、なんの抵抗も受けず進んでいける。まるで空か、宇宙空間を飛んでいるみたいだった。

この後、自分は死ぬのだろうと、蒼衣はなんとなく直感した。

凪めがけて一直線に水中を駆け抜けた蒼衣は、正真正銘最後の力を振り絞って左手のブザーを手渡した。途端に、ズンと全身に鉛を詰めたような重量がのしかかる。

持ち主が切り替わった合図だ。ビビはこれを受け、頭を突き出して発射台の姿勢を取る。

凪は一度強く頷くと、蒼衣から受け取ったブザーを二度短く切るように鳴らした。

く蒼衣の動きに不安げな表情になった凪を、蒼衣は親指を立てて送り出した。

張り詰めていた糸が切れ、蒼衣はゆっくり水底《みなそこ》へ沈んでいった。浮上せず沈んでい

……後は、二人なら完璧にできるだろ。

ビビは音だけを頼りに、恐れを捨て、全てを信じ切って最高速度で浮上する。凪は

そんなビビのために、どんな誤差も修正できるよう態勢を整えていた。

ゆっくりプールの底に沈んでいきながら、蒼衣は煌《きら》めく水面を見上げた。ビビがミ

サイルのように水を切り裂いて凪の足裏を撃ち抜く。蒼衣を水底に残し、二人はぐん

ぐん水面に向かって打ち上がっていく。

行け。行け。行け。

拳《こぶし》を握って掲げる。行け、ビビ。飛べ。お前に同情する外のやつら全員に、見せつ

けろ。

凪を押し上げるビビの後ろ姿に、無数の淡い、蒼《あお》い燐光《りんこう》が集まって、彼女の背に大

きな翼を与えた。それは自分だけに見えた幻覚だったかもしれない。蒼衣は構わず、

その光景の美しさに涙を流した。

見せつけろ。お前はもう、自由だ。

まさに二人が蒼い膜をぶち破って、大観衆の見守る大空を舞うという直前。蒼衣は意識を手放しかけながら涙を海水に溶かした。

――待って。

プールの底に背中をつけた蒼衣は、果てしなく遠のいてしまった水面を見上げて細く長いため息をついた。

吐くものなどもう何もない肺の中身に代わって、何か全てを手放すように。

最後の和音が打ち鳴らされると同時、翼を目一杯広げて地上へ飛び出していったビビの姿は、凪とともに見えなくなった。

聞こえない。今あの向こう側で轟《とどろ》いているはずの歓声を、ビビに浴びせられる惜しみない拍手喝采《かっさい》を、蒼衣だけが聞くことができない。

心残りがあるとしたらそれだけだ。

意識が泡のように天に昇っていく。とてつもない力で瞼《まぶた》が閉じようとする。

突然、揺れる蒼い膜の中心を何者かが突き破った。最後の門を閉ざす間際だった蒼衣の意識が、束の間こじ開けられる。

派手に着水したその影は、蒼衣めがけて一心不乱に潜水する。助けが来たのだ。蒼衣は朧《おぼろ》げに理解した。助かるかもしれない。この麻薬じみた眠気の中で、気を確かに持ち続けられれば。

視界が割れたように歪《ゆが》んで、うまく見えない。誰だ。凪か。黒瀬か。海原か——射し込む陽光を背に、泣き叫びながら一心不乱に飛び込んでくるのはその誰でもなかった。

ビビ。

蒼衣は死の淵《ふち》を彷徨《さまよ》っていたのも忘れて片目をこじ開けた。ダイビングブザーは凪に渡した。プールの底にいる蒼衣の手には、もう何も握られていない。

ビビは一直線に蒼衣の元へ辿《たど》り着くと、必死で蒼衣の背中とプールの硬い床の間に頭をねじ込もうとする。

夢見心地でビビの体に触れた蒼衣は微《かす》かな活力を取り戻し、衰弱した両腕に精一杯の握力を巡らせどうにかビビの逞《たくま》しい身体にしがみついた。

蒼衣の体を持ち上げたビビは、初めて深い暗闇に放り出されたような顔をした。周囲をキョロキョロ見回して不安げに鳴く。やはり目は見えないままだ。それなのに……喉がきゅうっと狭くなる。

お前の真っ暗な世界の中に、俺が、いたのか。

ビィーッ、と真上から警音が水を伝って蒼衣とビビの耳に届いた。着水した凪が、血相を変えてこちらに向かいながら鳴らしてくれているのが見えた。

道を見出《みいだ》したビビは、男一人抱えているとは思えないほどの馬力でロケットのように急浮上。水面がみるみる拡大されていく。蒼衣はビビにしがみついて、そして、光の網を浮かべた蒼い水面を、とうとう突き破った。

待ちわびた酸素を取り込むより前に、大量の水を吐かねばならなかった。ビビの背に乗っかってゲホゲホ噎《む》せ返る姿はこの上ないほど無様だったはずだ。

それなのに、蒼衣が姿を現した途端会場は爆発的な歓声に揺れた。蒼衣は憔悴《しょうすい》しきった目を丸くする。

生きている。生きているのか。鳴りやまない拍手に包まれて、蒼衣はビビの背の上でようやくそう自覚した。

「……はは……ビビ……やっぱりお前は…………最高だよ」

海原と黒瀬と凪、それから大吉と涼太、漁協の男たちまで続々とプールに飛び込んできて、もみくちゃにされるように救出される。

「蒼衣ィ！　バカ野郎！　心配させやがって！」

「お前は昔からいらねぇ意地張りすぎなんだよ！　死ね！　いやごめん生きろ！」

返事ができないかわりに蒼衣は笑った。笑わずにはいられなかった。みんなが、自分のために怒っているのが可笑《おか》しかった。

「おにいちゃん！」

凜がフェンスをよじ登って、母親に引きはがされそうになりながら足をぶらぶらさせ、泣き笑いのぐちゃぐちゃの顔で呼ぶのを、蒼衣は抗いがたい眠気に包まれながら辛うじて見上げた。

「すごかった！　かっこよかったよ、二人とも!!」

ああ、それが聞きたかった。返事は元気なビビに任せて、満足した蒼衣は笑ったまま静かに目を閉じた。

エピローグ

エプロン姿の蒼衣は、鼻歌交じりに調餌《ちょうじ》に励んでいた。

まだ黒瀬ほどではないが、蒼衣の調餌スキルも上がってきていた。先月は調餌をはじめ全て皆に任せきりだったので、蒼衣なりの恩返しのつもりで、今月は毎朝早めに出勤して調餌を終わらせているのだった。

実際は「しばらく水に入るの禁止」と医者に釘《くぎ》を刺されたので、これぐらい引き受けないと蒼衣の気が済まないのだった。もうその禁も解かれたが、なんとなく続けてしまっている。

調餌済みの魚が大量に入ったバケツを持ってトレーニングプールへ向かおうとすると、まさに調餌場に入って来ようとするところだった凪と鉢合わせた。

「あっ、蒼衣君おはようございます。今日も早いんですね」

「うん。特に昨日の夜はテンション上がってあんま眠れなかったから」

あぁ、と納得顔の凪にバケツを半分持ってもらい、二人してプールへ移動する。

「ビビー」

呼ぶ前から蒼衣の姿を見つけていたビビは、水面に顔を出したまま器用に蒼衣と凪のそばまで泳いできた。口を開閉して餌をくれとねだる。

「おはようビビ。餌より先に健康チェックな」

まったくこいつは、いい歳して食欲が衰えることを知らない。


ちょうど一ヶ月前のビビの復帰ショーは、完璧《かんぺき》な出来とは言えなかった。何しろトレーナーが一人溺《おぼ》れて死にかけたのだ。

しかしショーの成功を目指す過程で、ビビがこのプールで生活できるほど水に慣れたことが一番の収穫と言える。視界はほとんど機能しなくても、今や動揺することなく静かに浮いたりゆっくり泳いだりすることができた。

一方の蒼衣は、あの後運び込まれた病院で「低酸素脳症」と診断された。

死の危険はもちろん後遺症の可能性もあったと医師に脅されたが、不思議なほど症状は軽く、大事をとって二週間も潜らなければ問題ないと言われたのだった。丈夫な体に産んでくれた両親に感謝しろとも言われた。

数日の入院費も含めＣＴ検査や通院費等、医療費はバカにならなかったが、どういうわけかあれほど財布《さいふ》の紐《ひも》の固かったオーナーが全額負担してくれたので夏子が卒倒せずに済んだ。

　ショーは完全な成功を収められなかったが、海鳴水族館とビビ、それからついでに蒼衣の名まで一躍全国区となってしまったので、蒼衣の治療費を面倒見ても余りある旨味があったのかもしれない。なんとなく、それだけではない気がするのは、凪から、あのショーの数日後、彼女が父であるオーナーと、記憶にないほど久しぶりに食事をともにしたという話を聞いたからだろうか。

　凪と言えば、彼女の予言通り、あの日を境に病院や職場に押しかけてまで蒼衣に何やら差し入れを持ってくる女性が後を絶たなくなった。いつぞやの、選考試験で一緒だった二人の女の子も来てくれた。全員凪が追い返してしまったが。

「おはよう蒼衣君」

「おう、蒼衣ィー」

　海原と黒瀬が出勤してきた。蒼衣も正式雇用となったことだし、凪と二人で相談して、朝の仕事は基本二人でやることで海原たちに同意をもらっている。これまで非番を優先的にもらってばかりだったから、働き過ぎのおじさんたちには少しでも休んでもらわないと。

　来月頭には療養中のスタッフもいよいよ戻ってくるみたいで、少しずつ、仕事も落ち着いてくることだろう。

「いよいよ復帰戦だね」

健康管理と餌やりが終わり、開館前の朝礼を終えた直後、海原がそんな風に声をかけてきた。

隠していた高揚が筒抜けだったのだろうか。蒼衣は無邪気に笑った。

「はい!」

入水を二週間前に解禁されてから、今日に照準を合わせ、今度はくれぐれも無理をしないようにと全員に繰り返し念を押されながら、蒼衣はビビとショーの練習を再開していた。

これから蒼衣がビビとショーに出られるのは、一週間に一日、その中の一度のショーだけ。館長は、蒼衣がそう公約することで初めて二人の今後のショー出演を許可してくれた。

回数は減ってしまったけれど、そのぶん毎週日曜日が楽しみで仕方ない。次の日は休みだから凪と一緒に過ごせるし、そういう意味でも。

ザボン、と蒼衣は辛抱たまらずプールに飛び込んだ。フィンは気合を入れて随分前から装着しているし、左手にダイビングブザーも持った。

「まあたぶんこれがなくても、お前は俺のこと見つけてくれるんだろーけど」

嘯《うそぶ》いた蒼衣のそばに、案の定ビビがすり寄ってくる。ブザーは鳴らしていない。こんなのなくたって、蒼衣とビビは見えない青い糸で結ばれているのだから。

十時半の開演に向けて、海原たち三人は普通に歩いてショーステージに向かう。去り際、凪がぎこちなく蒼衣に手を振った。

可愛い。

「……なんだよ」

ごつん、とビビが小突いてきたので蒼衣は唇を尖《とが》らせた。ヒューヒュー、と冷やかしてでもきたのだろうかと思ったが、目を合わせると逆である。自然と口元が緩む。妬《や》いているのだ。

ビビがしきりに顎をパクパク開閉させる。先ほどもおなじことをやっていた。どうやらねだっていたのは餌ではなかったらしい。蒼衣はやれやれと笑うことで照れ隠しした。

「はいはい。凪ともお前とくらいしたいもんだけどねぇ……」

まんざらでもない気持ちで蒼衣はビビに向き合った。ちゅちゅっと口で音を鳴らすと、きゅうと鳴いてビビが飛び上がってくる。構えて閉じた唇が、勝手に少しだけにやける。

蒼衣は目を閉じて、ビビとキスをした。

加筆修正に際し、快く取材に応じて下さった東京コミュニケーションアート専門学校の川合直樹氏に、心より感謝申し上げます。

本書は、二〇一七年にカクヨムで実施された「角川文庫×カクヨム　この仕事がおもしろい！『働くヒト』小説コンテスト」で大賞を受賞した「Blind Blue」を改題の上、加筆修正したものです。

ドルフィン・デイズ！

旭《あさひ》 晴《はる》人《と》

平成30年 4月25日　初版発行
令和6年 12月10日　7版発行

発行者●山下直久

発行●株式会社KADOKAWA
〒102-8177　東京都千代田区富士見2-13-3
電話　0570-002-301（ナビダイヤル）

角川文庫 20889

印刷所●株式会社KADOKAWA
製本所●株式会社KADOKAWA

表紙画●和田三造

ISBN978-4-04-106781-9　C0193

角川文庫発刊に際して

角川源義

第二次世界大戦の敗北は、軍事力の敗北であった以上に、私たちの若い文化力の敗退であった。私たちの文化が戦争に対して如何に無力であり、単なるあだ花に過ぎなかったかを、私たちは身を以て体験し痛感した。西洋近代文化の摂取にとって、明治以後八十年の歳月は決して短かすぎたとは言えない。にもかかわらず、近代文化の伝統を確立し、自由な批判と柔軟な良識に富む文化層として自らを形成することに私たちは失敗して来た。そしてこれは、各層への文化の普及滲透を任務とする出版人の責任でもあった。

一九四五年以来、私たちは再び振出しに戻り、第一歩から踏み出すことを余儀なくされた。これは大きな不幸ではあるが、反面、これまでの混沌・未熟・歪曲の中にあった我が国の文化に秩序と確たる基礎を齎らすためには絶好の機会でもある。角川書店は、このような祖国の文化的危機にあたり、微力をも顧みず再建の礎石たるべき抱負と決意とをもって出発したが、ここに創立以来の念願を果すべく角川文庫を発刊する。これまで刊行されたあらゆる全集叢書文庫類の長所と短所とを検討し、古今東西の不朽の典籍を、良心的編集のもとに、廉価に、そして書架にふさわしい美本として、多くのひとびとに提供しようとする。しかし私たちは徒らに百科全書的な知識のジレッタントを作ることを目的とせず、あくまで祖国の文化に秩序と再建への道を示し、この文庫を角川書店の栄ある事業として、今後永久に継続発展せしめ、学芸と教養との殿堂として大成せんことを期したい。多くの読書子の愛情ある忠言と支持とによって、この希望と抱負とを完遂せしめられんことを願う。

一九四九年五月三日